珠海市电白商会精神文明建设重点项目

有故乡的人

蔡 旭◎著

百花洲文艺出版社
BAIHUAZHOU LITERATURE AND ART PRESS

图书在版编目（CIP）数据

有故乡的人 / 蔡旭著. —南昌 : 百花洲文艺出版社，2020.8
ISBN 978-7-5500-3808-0

Ⅰ. ①有… Ⅱ. ①蔡… Ⅲ. ①散文诗－诗集－中国－当代
Ⅳ. ①I227.6

中国版本图书馆CIP数据核字(2020)第150466号

有故乡的人
YOU GUXIANG DE REN

蔡 旭 著

责任编辑 余丽丽
书籍设计 三湘水
制 作 阿 微
出版发行 百花洲文艺出版社
社 址 南昌市红谷滩新区世贸路898号博能中心一期A座20楼
邮 编 330038
经 销 全国新华书店
印 刷 济南精致印务有限公司
开 本 880mm×1230mm 1/32
印 张 8
版 次 2020年8月第1版第1次印刷
字 数 208千字
书 号 ISBN 978-7-5500-3808-0
定 价 38.00 元

赣版权登字 05-2020-131

邮购联系 0791-86895108
网 址 http://www.bhzwy.com

我和我的故乡

——散文诗集《有故乡的人》自序

蔡　旭

这是一本献给我的故乡广东电白的专题散文诗集。

喜逢新中国70周年大庆，最流行的歌曲就是《我和我的祖国》了。而爱祖国往往是从爱家乡开始的。

什么是故乡？

故乡是水之源，故乡是树之根，故乡是人之魂。

故乡是淡淡的想念，是浓浓的相思。

故乡是游子身上不掉的血肉，是流浪的终点站。

用我所喜欢的主持人白岩松的话来说：故乡是小时候天天想离开，长大后天天想回去的地方。

我离开故乡已经56年了。中学毕业后，我到上海上学，到广东与湖南的军垦农场劳动，到广西后来又到海南工作。现在珠海居住，虽然同在广东，但离故乡也有400公里的路程。

不管走到哪里，故乡都在心中挂着。都说要记得住乡愁。其实乡愁作为对故乡的文化记忆，它一直驻在我的心里，而且总是

想把它写出来。

我最早写故乡的作品，是发表在 1965 年 1 月 31 日上海《文汇报》的《春节短歌》（三章），这是我的散文诗处女作。

搁笔十余年，重新写作时，又写了《家乡的红树林》，发表在 1982 年的《人民日报》。

直到十多年前退休后，也许是年纪越老越怀旧，也许是离乡越久越想念，对故乡的相思更显得强烈与迫切，于是故乡出现在我的笔下，便更加频繁了。

这本《有故乡的人》，就是从“我”的角度，写我的眼中与心中的故乡。选入的 140 章作品，便是这十年之作。

第一辑《好山好水好地方》，打头的就是故乡的山川与大海，故乡的大名与名片，以及经常在我脑海浮现的故乡的旧貌与新颜。

第二辑《我的老乡冼夫人》。其实冼夫人才是故乡的第一名片，这位被周恩来总理称为“巾帼英雄第一人”的“岭南圣母”，她的贡献与精神，千秋万代养育着故乡的土地与人民。

第三辑《历史的回声》，写的是故乡历史上的名人、名事、名景、名物，及它们在我心壁的回音。

第四辑《舌尖上的故乡》，故乡靠山靠海也就吃山吃海，富有特色的美食远近闻名。从山珍海味到家常小吃，故乡的味道总是最好的味道。

第五辑《我心荡漾》侧重于个人的感受，触景生情，睹物生情，此辑写的是风吹草动般激起我心中波澜时的情景。

第六辑《至爱亲朋》，写的是我可敬可爱的亲人：身为拔贡、诗人与抗法战士的高祖，英年早逝的师范校长父亲，及我另在长篇散文中写过的“一位有许多缺点的伟人”母亲。还有他们对我的影响及我对他们的思念。

第七辑《最忆是童年》，忆的是我的童年与少年时代，生我养我的村庄与小城，难忘的艰辛与难得的乐趣。

写的所有这些，概括起来就是两个字：一个是“美”，故乡的无与伦比的美；一个是“爱”，我对故乡血肉相连的爱。而在散文诗的叙述与抒情中呈现的这个美与这种爱，不是分割的，而是你中有我我中有你地融在一起的。它就是我心中的歌，名叫“我和我的故乡”。

用专题散文诗集的形式来表达我对一方土地的感情，对我来说并不是第一次尝试。我曾为海南写过两本《椰岛踏歌行》《伴着椰风轻唱》，也为珠海写过一本《海之珠，珠之海》，现在正为珠海写第二本。许多乡亲和我一样，总在说总在问：为什么不为故乡电白写一本呢？经过多年的酝酿与积累，现在终于可以向故乡缴交这本作业，多年的夙愿终于可以偿还了，我心中的激动与欣喜真是无法比拟啊。

记得我所欣赏的散文诗友周庆荣，出过散文诗集《有理想的人》《有远方的人》《有温度的人》，他告诉了我们一个人，尤其是一个散文诗人应有的一些品格与素质。我想，当然同时也应该是《有故乡的人》，这也许可以对我作为一个人，一个散文诗人的一个要求，或说一种补充。于是，我就把它作为这本散文诗集的书名了。

2019 年 10 月 3—7 日，珠海

目录 CONTENTS

第七辑　最忆是童年 / 201

第一辑

好山好水好地方

/ HAO SHAN HAO SHUI HAO DIFANG /

沙琅江

一条清澈的江水从忘了时间的远古流来。

流过尧舜，流过夏商周，流过春秋战国，流过秦汉，流过三国两晋南北朝，等待一个县名的出现。

随着那个带着雷电与白木香而来的电白的命运，又流过1400多年的岁月。

这条从那霍山间淌出的溪水，不择细流，汇合百川，越过罗坑、黄岭，领取了沙琅的命名，穿过望夫、观珠、霞洞，穿过大衙、林头、羊角、坡心，穿过旦场、七迳、小良、沙院，汇合鉴江入海。

蜿蜒86公里流程，拥抱1130平方公里大地，养育16万亩良田，一条母亲河滋润了大半个电白。

千万年来，流过了烈日、暴雨、台风，流过了天灾、兵乱、匪祸，流过了酸甜苦辣、悲欢离合、贫困苦难，它日夜兼程，风雨兼程，一刻也没有停下匆忙的脚步。

流过冼夫人统一的誓愿，流过贡荔队奔腾的马蹄，流过刘长卿精妙的五律，流过黄十九悲壮的呐喊，流过番薯林公庙感恩的香火，流过崔翼周精彩的碑铭，流过对公仆王占鳌深切的怀念及小良水土保持站惊世的奇迹……

流出了沙琅豉油、霞洞豆饼、坡心花生、水东芥菜与以电白命名的沉香、荔枝及鱼米之乡的名气。

到如今，在这条清澈的江水流淌的大地，流出了电白建筑、电白沉香、电白荔枝、曲艺之乡、龙舟之乡的品牌，及数不清的人们泛在脸上与藏在心间的欣喜……

有一年在霞洞乡间，我被电白三中的第一任校长抱着，尝到了这条江水的滋味。

自此之后，这条江水就同我的血液一起，在我身上不息地流动。

直到七十年后的一天，我站在沙琅镇的桥头，望着这条源远流长的江水，想起一句千万人记得的老话。

明白了，为什么我总是觉得，全天下的水，就数这条江水最美……

2019 年 9 月

浮山岭

一座大山横亘粤西，成了高州与电白的分界线。

山高 800 米，顶峰 966 米，在四周丘陵与平原之间拔地而起，顿显得高大峭峻。

它以雄伟的身躯，舍身拦断北面袭来的冷空气，给南面的电白融融的温暖。

以广阔的胸怀，拥抱太平洋的雨水与云霓，给电白大地充盈的雨露与乳汁。

山上，“浮山钟灵毓秀”，是南粤百景之一。山清水秀，古木参天，峭峰凌空，怪石嶙峋，泉溪清澈，云雾缭绕，恍若仙境。

山腰与山下，是全国最大的荔枝、龙眼基地，连片成海，难望边际。春暖花开，熏风醉人；蝉鸣时节，硕果累累。

浮山岭居高临下，俯瞰着山下一代代电白人休养生息、安居乐业，随日月轮替，同风雨兼程。

电白人理所当然地，把它当作风水宝地。

怪不得巾帼英雄冼夫人在山下建起了“冯家村”，她的三四五六代孙，就选择在此安居与安息。

也怪不得幸运如我，也在此交出了第一声啼鸣。

当然不是我能够选择的。只因抗日战争，电白县政府选择了到此驻扎，电白师范、电白三中选择了在此办校，我的父亲才选择了在此执起教鞭……

我为此从小认识了浮山岭，最难忘冼夫人诞辰，崔王两姓抬着神像“跑公”时欢声雷动的盛景，以及大戏日夜连台、集市人声鼎沸山呼海啸的情形……

告别浮山岭已六十余年。

一座山坐在胸中，会是怎样的情景？

也许有点沉重，但更多的是踏实，稳阵，与坚定。

是呀，有一座大山靠着，让我跨山越海，走遍神州大地，也不会迷失。

我自豪，我是有故乡的人。

2019 年 9 月

鹅凰嶂

鹅凰嶂耸立在电白、阳西、阳春的交界处。

身高 1337.6 米，是电白第一高峰，在粤西，足以拿到银牌。

我从小知道它的大名。

知道它拥有面积 1.5 万公顷的茂密森林，广东西南沿海最大最完整的绿洲。

知道它降雨量 5000 毫米，是广东第一降雨中心。

知道它植被良好，是广东唯一一块山地雨林。

知道它有虎颜花、猪血木等 20 多种珍稀濒危植物，从而论证了这里是广东最古老的陆地……

虽然我同它同在电白县域，直到年及古稀，我才第一次亲临其境。

鹅凰嶂莽莽苍苍，巍峨挺拔，居高临下，真的可一览电白，俯瞰茫茫南海。

云雾缭绕间，有流水敲响石板，鸟鸣啄穿云空的寂静。

瀑布成群，在山中挂起高高低低的银幕；溪流无数，到处见大大小小的水库。

我就站在电白第一的罗坑水库边，看山环水抱，鸟鹤翔舞，怪不得“鹅凤戏水”走入了电白新十景……

这样的世外桃源、人间仙境，应该揭去神秘面纱，让更多人享受它的天然美。

似乎为了满足人们的夙愿，一座鹅凰小镇正在建设之中。

我在它如诗如画的美景中徜徉，赞赏着它的现在，更陶醉于它的未来。

听到了鹅凰嶂用青山绿水花香鸟语，发出的邀请。

2019 年 9 月

走在家乡的海滩上

每当回到家乡，总要走走海滩。

蓝天碧海，一望无边，把我的胸扩充得海阔天空。

涛声拍岸，海韵天风，让我的梦配乐成心旷神怡。

洁白的沙滩，可碰见拾贝的小调，踏浪的舞姿，抒情诗成双成对。

海鲜馆飘出的空气，诉说着鱼虾蟹贝的生猛。

家乡的海滩，与别处似乎没有什么不同。

其实身旁的林带，才是我的最爱。

从虎头山、第一滩，到龙头山、博贺港，连绵好几十公里，一条绿色的飘带。

把北京人民大会堂广东厅的墙壁都染绿了。那是关山月的名画《绿色长城》辉映的。

我喜欢在碧海银滩绿长城中走着，往往应接不暇那一幅幅诗情画意。

一直走下去，可以走到五十多年前。

在光秃秃的沙滩上，在风、旱、咸、热的肆虐下，人们用汗水、泪水、血水浸过一本本日历，才诞生了中国第一条沿海林带。

正是它，让家乡的海滩与别处有所不同。

也让家乡的人们与别处有所不同。

2008 年 7 月

故乡的大名

电白的县名，在史上出现了一千多年。

写在我的籍贯栏，从初中开始填表，也有 60 年了。

一直对它的来源不求甚解。也没有人给我信服之解。

电，因当地雷电多而得名，只是解释了一半。

现在才知道，白，指的是白木香，就是沉香啊！

据说在南北朝，电白一带的野生白木香就满山遍野，相连百里。

这种野生常绿乔木，用刀削去树皮之后，因树心一身皆白而得名。

受了伤的白木树，年长月久会凝结、沉淀出发香的树脂，就叫白木香。

巾帼英雄第一人冼夫人用它作“战地香囊”，防病、治病、医疗战伤。

她的孙子冯盎把沉香献给唐太宗，才有了千古一帝论沉香的佳话。

这一点，是北宋《太平广记》草木卷八告诉我的。

而它又说，它是唐代《国史异纂》所告诉。

唐太宗与冯盎的对话，就让它记录下来了：

“卿宅去沉香远近？”对曰：“宅左右即出香树，然其生者无香，唯朽者始香矣。”

从此有了电白一千多年的“贡香”，有了今天“中国沉香之乡”的盛誉。

可是《国史异纂》《太平广记》的提示，至今才让人领会。

是的，一是雷电多，二是白木香多，这就是电白。

雷电多不是好事，白木香多是大好事，利与害兼收并蓄就成了县名。

尊重现实的古人，一千多年前就有了如此客观的态度。

哦，一个让我猜了60年的谜，终于显出了谜底。

不过，是不是像沉香一样，也要沉淀千年，才让你我明白？

也要历多少坎坷，受多少创伤，才能露出它的本相！

2019年1月

电白建筑

电白建筑，大多不在电白。

在北、上、广、深，在海南，广西，云南，贵州……

全国各地城市的地标性建筑，许多就是电白的建筑公司建造的。

许多名楼的铭牌上，就标着电白的名字。

当然更多没有标出。太多了，无须标出，也无法标出。

60 年，60 家公司，30 万建筑大军，该给全国留下多少平凡与非凡的产品。

多少电白人的汗水与心血，沉浸过这些默默无闻的房子，以及享誉天下的丰碑。

鲁班奖、国家优质工程奖，一次次写着电白二建、电白建总的名字。

“中国建筑之乡”的匾牌，则写上电白的名字。

这是广东省第一个中国建筑之乡，到如今，也是唯一的一个。

我随意在一些城市的大街上走着，随时就遇到在建的工地上，挂着电白公司的名字。

又一座突破城市高度的大厦，正在崛起。

我看见比高楼还高的是楼顶的工人。我知道是电白人。

他们耸立在云空，俯瞰着大地。

他们是丰碑上的丰碑。

是电白建筑的标志。

2019 年 7 月

电白沉香

电白近年被授予了“中国沉香之乡”的称号。

其实，电白人早就知道家乡是沉香之乡了。

早在1300多年前，这里相连百里，漫山遍野都是野生白木香。

这一点，甚至唐太宗都知道了。

他在诏见冼夫人之孙冯盎时，就问：“卿宅去沉香远近？”

冯盎答：“宅左右即出香树，然其生者无香，唯朽者始香矣。”

从此有了电白一千多年“贡香”的历史，一千多年采香、种香、制香、用香、营香的历史。

还揭示了白木香，作为电白之“白”，一个古老县名的由来。

到如今，电白有10万亩沉香林，20000名从业者。

观珠沉香山，以6000亩山林成了全国最大的沉香基地。

水东忠良街，一条骑楼步行街，是全国最大的沉香集散市场。

沙琅“南粤沉香博物馆”，科普及传承了中国古老熏香文化……

一炷香袅袅升起，让人沉醉，让人清醒。

不愧为众香之魁，朴实又高贵，平易又深邃。

岂止能行气止痛，温中止呕，纳气平喘？

它简直就是看得见的音乐，闻得到的舞蹈，悟得到的哲学，赏不尽的美。

啊，中国沉香之乡！

以一个县域之广，展示了沉香的宽厚。

以 1300 多年之久，熏陶了沉香的悠长……

2019 年 7 月

电白荔枝

全世界的荔枝都是一样的。都像杨贵妃吃的一样甜，像苏东坡夸的一样好，像红线女唱的一样美。

难道电白的荔枝又有什么不一样吗？

有呀。这个荔枝公园，可以告诉你——

电白的荔枝，它老。

1500年贡荔的历史啊！

仍然健在的三个人抱不过的古树，还在以它的苍劲与葱绿，津津有味地倾吐它的光荣与梦想。

电白的荔枝，它早。

有浮山岭挡住北来的寒潮，“三月红”率先带来甜蜜的喜讯。

不然怎能穿过八千里路云和月，给长安带来新鲜的感觉？

电白的荔枝，出名。

一骑红尘妃子笑。杨贵妃吃到的荔枝，就是从这里起程的。

这一点，外人也许不知道；作为老乡的高力士，最清楚是怎么一回事。

电白的荔枝，它多。

全国最大的连片荔枝产业带，27万亩；其中全国荔枝第一镇霞洞，8 万亩；光这个荔枝公园，连片就是 1000 亩。

清风吹拂，漫山遍野都是绿色的屏障；收获时节，天上人间都是闪闪的红星哟。

全世界的荔枝都是一样的。电白的荔枝，又有不一样。

请到这个荔枝公园吧。它可以告诉你——

电白的大地，流淌着多少源远流长的甜蜜。

电白人心中，涌动着多少如糖似蜜的情感……

2019 年 7 月

最美罗坑水

罗坑水库离电白县城 60 公里。我来到这里却花了近 60 年。

记得是上世纪 50 年代末，就知道十万人在此大会战，冒严寒，忍酷暑，顶烈日，披风雨，奋战了两年，才建成这座名列粤西前三的大水库。

那时我刚入初中的校门，未及加入挥汗如雨的队伍。

之后几十年在外奔波，也未能亲近它的清山秀水。

只知它以 7000 亩的面积，1.15 亿立方米的蓄水，灌溉、发电、防洪、养殖，造福于电白人民。

这一天，我终于站到刻着水库大名的巨石旁边，用一张合影作证。

只见它以一湖微波荡漾的碧水，把蓝天白云、青山绿树抱在怀里。

四周环绕的是鹅凰嶂，粤西第二高峰，真是高峡出平湖。

翠绿小岛浮于水面，雾遮云绕，湖光山色，宛若仙境。

奇石、怪岩、流泉、飞瀑与仙人洞，无疑又一个世外桃源。

看不见摸不着的，是清新无染的空气，不由得让人一次又一次深呼吸。

当然，首屈一指的是它的水，清纯洁净，一块“饮用水源一级保护区”的标牌，讲解着它的身价。

啊，60 年，都说岁月不饶人，把我从一个幼稚孩童改写成了七旬老人。

而它，光阴却让它永葆青葱，从一片荒山野岭改写进了“电白新十景”。

是的，它只会越来越美丽，越来越迷人，越来越年轻。

迟来的脚步，让我与它走得更近。

往后无论奔波到哪里，心中都会装着这湖美美的家乡水。

2018 年 12 月

热水温泉

岂止是温泉？它是热泉。

喷涌而出的，是热水。

本来，广东电白这个温泉的名字，就叫热水。

秦始皇早就知道热水山，专门设置了温水郡。

明嘉靖年间，岭南首个温泉度假区就远近闻名。

1538 年，时任朝官的江西人涂相出巡广东，就在此写下名篇《温泉亭记》：

“青翠连亘，层峰叠耸，有热水数处，从下迸出，其热不可探。”

“若建亭其上，对山以饮，就泉以烹，不火可食矣。”

“夫地出温泉异矣，今热水涌出，四时不竭，奇哉！奇哉！”

于是，他与同来的几位地方官员，自掏腰包，建起了一座亭子。

过了近 300 年，清道光年间，广西人朱弦题石，留下“温泉”两个大字。

多处摩崖石刻、碑记、诗文，留下了历代诗人墨客的豪情逸致。

几百年风雨飘摇，亭子不在了。但热水仍在一刻不停地喷涌。

不变的是它的态度，一如既往倾吐它的热情，从不管世态炎凉。

不过，始终它抵不过炎凉的世态。

如今，出现在我面前的，是“御水古温泉”，一个4A级旅游景区。

“古”是够古了，但与“御”何干？

我仍然叫着它的原名，爱着它的本来面目。

何必去攀附什么皇亲国戚，还不如席地而坐，用热情——

拥抱民间。

2018年3月

望夫石

望夫是一个地名。

现在是一个镇。

曾经是一条村。后来是一个墟。

自古是一座山。山下是一条河。

老《县志》上说，是山上的一块石。

在电白与阳江交界的一座山上，有一块面朝南海的大石，好像一个苦苦等待丈夫归来的妻子。

传说她天天在山上遥望，等待丈夫的渔船归来。天长日久，就化成一块石头。

凄美的传说，在这里世代流传。

连明代徐文长到此游赏，也留下了感人的诗篇：

“海天万里渺无穷，秋草春花插髻红。目送夫君出门去，一生长望月明中。”

这一天，我慕名来到山下，往山上的巨石仰望。

这块石头太像了，难怪自古有这样的传说诞生。

这传说太感人了，难怪仰慕的人们常在此流连忘返。

“路途诸客纷纷过，几时望得我夫还？”人同此心，心同此理，我也同样深深感动。

此时，我更为这里的人们所感动。

千百年来，石在，山在，海在，传说在。

望夫的地名一直在。

我知道，当地人坚信的不只是传说，更是现实。

他们石一样坚定地抱着：家的珍贵，爱的坚贞。

2018 年 12 月

沉香古木

一棵700年的沉香原木，竖在庭院的玻璃房里。

直径约1米，高4.2米。立起太高，横摆太长。三层楼的南粤沉香博物馆，都没有合适的展厅把它摆放。

更令人惊奇的是，树的内部已呈筒状。它是被整窝蚁族蛀空的。

我蹲下身来，仰起头往树筒上看。

筒壁上结着一片片褐色的斑块，那就是香，就是沉香呀！

一股清郁的香气扑鼻而来，沁人心肺。

这一树稀世珍宝，该结了多少沉香呢？

这一树沉香，能给多少人行气止痛、温中止呕、纳气平喘，甚至救人一命呢？

站在这棵沉香木面前，我油然而生敬意。

得经历多少次风吹雨打火烧雷劈虫咬，才生成结香的条件？

得忍受多少年的苦痛、折磨、煎熬，才分泌自我疗伤的脂油？

得经过多少代成群结队蚂蚁的噬蛀，才成就了巨香的沉淀？

而正是植物与动物精华的结合，才共创了这一棵沉香木的神奇呀！

太不容易了！太了不起了！

走出玻璃房，我明白了博物馆的初心，明白了悉心爱护的重要。
一股激情，在我胸中翻涌奔腾。
为它骄傲为它自豪吧，为这棵国之宝。
脚踏着这一块土地，我知道——
比这棵树更古老更神奇的宝之国，更值得骄傲与自豪。

2019 年 1 月

沉香山

当年启功先生题下“沉香山”三个大字时，一定想不出它如此宏大的叙事。

其实，我也想不到它波澜壮阔的今天。

站到电白观珠番坑山上，我面对的是沉香树绿色的海洋。

6000 亩沉香林在连绵起伏的山坡上风起云涌，浪飞浪滚。

头上白云飘拂，脚下碧水如镜，一派好山好水好风景。

我明白，营造沉香山并不只是为了看风景。毕竟沉香树并不等于沉香。

早在 1400 年前，我们的老乡、冼太夫人的孙子冯盎在回应唐太宗的询问时，就讲道：“宅左右即出香树，然其生者无香，唯朽者始香矣！”

作为百香之首的沉香，必须经受风折、雷击、虫蛀或者人为的劈砍才能结香。

这一点，沉香山的主人们当然知道。

如今快 20 年过去，真正收获的日子还未到来。

在与漫山遍野的沉香林亲切合影时，我碰不上那位沉香山的决策者与投资人。

我知道他身在此山中，云深不知处。

不过可以想得到，他同沉香木一样，会有一颗坚韧的心。

一颗经得起漫长岁月的煎熬而伤透的心。

一颗在狂风暴雨、电闪雷鸣、虫蛀菌侵、刀劈斧砍的千锤百炼中，凝脂成香——的心！

2016 年 9 月

登上虎头山最佳处

风光迷人的虎头山，哪是它的最佳处？

是蔚蓝的大海，让心潮去追波逐浪？

是洁白的沙滩，去捡拾贝壳与童年？

是翠绿的林带，可滤出阴凉与清新？

我说，请登上背后的小山吧，这才是最佳的景点。

大海、林带、沙滩、阳光，最美的画面一收眼底。

蔚蓝、翠绿、银白、金黄，最佳的色彩尽在面前。

林涛、海韵、鸟鸣、人欢，最妙的音响谱成乐曲。

海阔、天空、心旷、神怡，最爽的心情就在此时。

哦，这不是我的发现，是国画大师关山月告诉的。

他把虎头山挂上北京人民大会堂的墙上，让全世界知道了它的稀世之美。

磅礴的气势，壮丽的图画，优美的风景，牵引着多少游人的足迹。

不过，三十多年前，那幅叫《绿色长城》的国画，有海，有滩，有林，却没有画上这个小小的山头。

当年，他就是在这山上描画的啊！

在山上展望，在山上浮想，在山上捕捉诗情与画意，在山上放飞胸襟与激情。

没有这小山，也许就没有发现的眼睛。

2008 年 6 月

放鸡岛上的花岗岩

放鸡岛上的岩石，跟别处的似乎没什么不同。

一样的花岗岩，一样够坚硬，够坚定，够坚强，够坚韧，一样经得起敲打。

一重重的惊涛，一层层的骇浪，没日没夜地冲来，无休无止地袭来。岩石同样让它们举起白旗，飞溅白沫。

只是放鸡岛上的花岗岩，纹路跟别的不一样。

一层层的曲线，黑白相间，记下了浪的形状，海的波纹。

仔细倾听，仿佛有风的呼啸，有浪的奔涌，有惊涛拍岸。

啊，这是长年累月的较量，年深岁久的搏斗，这是累累的伤痕，深深的记忆。

我惊讶于这些岩石上的图案，整齐划一，像印在布上一样。

我惊叹着它的花纹的美丽，无可比拟的天工。

我就在这岩石上，坐了很久，看了很久，想了很久。

把那些伤痕化成的美丽，录进我的脑海。

2008 年 7 月

放鸡岛有块飞来石

你喜欢唱："不要问我从哪里来。"

其实，所有的人都会问，所有的人都不得不问。

你孤零零的一块巨石，傲然耸立在放鸡岛的陡岸上，并没有同底座的石基连在一起。

你并不是"原住民"。多少年了，你是否报上了"本地户口"？

人们称你为"飞来石"，你是从天外飞来的吗？

有风吹来，你便摇摇欲坠。其实这只是，你故弄玄虚的小把戏。

多少年了，多少次了，十二级台风推你不倒，滔天巨浪掀你不翻。甚至不知是谁把你劈掉了一边，也没能让你动摇。

甚至传说那一年日寇用缆绳捆绑，用军舰牵拉，也拖你不动。

你把根扎在这里，就这样笑迎风浪，笑对人间。

如今，人们都说你老了，只留下仰慕与赞叹了。

你却从石缝中，伸出几叶绿芽来。

似乎在问，凭谁说，不能再焕青春？

2008 年 7 月

家乡有条共青河

家乡有条小运河，只有 38 公里。

比我还年轻，才是 50 多岁。

它在电白的山坡、田垌和村庄流过。

我离开家乡后，它就在我的心中，还有梦中流过。

它叫“共青河”，以修建的主力军命名。我是红领巾，还不具备开山劈岭的资格。

那时县城水东的井水里，有海水苦涩的咸味。

干旱时，只能用鲎壳当作吊桶，舀上来一小瓢渴望。

母亲也曾用红肿的肩膀，靠挑水扛起一家七口的吃穿。

有一个“香女河的传说”，为此流传了几百年。

越是缺乏的东西，越是精彩与传神。

后来沙琅江的碧波，引进共青河的渠道，一路润湿了十万亩田野，终于流到了海滨。

县城人开始认识水龙头。自来水作为常用词，风靡了上世纪 60 年代的初叶。

不再缺水，不再挑水，不再吃咸水。

我也常蹲在电白一中公共水龙头下，把打球后一身的汗臭冲得一干二净。

现在，比我年轻的人，已经很少提起共青河的名字。

也不知道香水河的传说，它只在《县志》里沉睡。

他们不知道自来水并不是自来的。

更不知道它是现已七八十岁的无名英雄们的汗水、泪水与血水，写出的诗篇。

家乡有条共青河，从小我就知道，老来也不会忘记。

回到家乡，我喜欢到它的水渠边，以我的老态映衬它的永远年轻。

远在他乡，我在扭开龙头时，觉得清清的水似乎就是从共青河流过来。

流出香水河的传说，流出鲎壳的身影。

当然，不再有海水苦涩的咸味。

2013 年 11 月

家乡的木麻黄

小时家乡最多的树，就是木麻黄了。

海滨小城里，街头、庭院、校园、屋边，张眼就见它常绿的容颜。

身材高大，令人不禁仰视。针叶密布，遮出一片荫凉。

耐炎热，耐贫瘠，耐干旱，耐潮湿。

更因耐咸，防风，固沙，早在60年前就排列成阵，成了全国第一条海滨林带。

在碧海银滩之上，耸立起一道绿长城。

也许因司空见惯，也许因其貌不扬，从来没有人与它合影。我也没有。

评选市树时，更没有一个人，提起过它的名字。

许多年过去，我回到家乡，已很难找到它的身影。

街道上，全是各种风景树在迎风招展。

现在的人，只看外表，不看内在，只论颜值，不讲品质。

风气如此，木麻黄又怎难摆脱——

淘汰的命运？

2017年6月

入住电白海景湾酒店

很高兴，我从外地回到家乡，就枕在它的臂弯。

而它枕在海的臂弯。

我看到，它以高出海面16层的姿态，成为这座县城新世纪的地标。

面对着海阔天空，它展示了海阔天空。

以海一样的襟怀，拥抱回到故乡的游子，拥抱打工者、投资者、旅游者。

拥抱百川归海，八面来风。

站在楼上，我望见一个县的历史。又看到它义不容辞地率领众多宽广的大道与崭新的楼群，走向现代化的未来。

我听见它以标准的普通话与不知是否标准的英语，同全国交谈，同世界握手。

而我，却更喜欢听那些熟悉又陌生的，夹着海风咸味的方言，在交头接耳。

推开窗，远处是一望无际的海天一色的浩瀚，近处是红树林铺设的绿地毯上，成群的白鹭欢快地翔舞。

更令我欣慰的是，入睡时，我的呼吸应和着海的呼吸。

我把自己，还给了故乡。

2012年8月

在龙头山海滩听海的声音

从小在海边，听惯了海的声音。

每到一片海，都要倾听大海说话的声音。

这天，回到家乡电白，又披着晨曦在龙头山海滩，听它独特的倾诉。

只见以一块礁石为界，东边的海说着惊涛拍岸，白浪滔天，激情澎湃；

西边的海说着风平浪静，侃侃而谈，娓娓动听。

别处的海，不同的时候会有不同的表情；这里的海，却同时讲着不同的声音。

静与动，弛与张，文与武，收与放，柔与刚，一起展示各自的美。

讲述豪放与柔情也可以共生与兼容。

怪不得这里成了粤西最得人心的海滩。

有那么多人携老带幼、成双成对、成群结队，来听它的诉说。

我不禁同许多人一样，踏着浅水，捡拾别处已少见的贝壳。

这是大海张开的耳朵，正在收集人们的回音呀。

我对它说，我爱这一片家乡的海，这片美妙神奇的海，可以同时听到不同声音的海。

不会唱歌的我，也对着它，轻轻地放飞了一句心中的歌："大海啊，故乡！"

2012 年 9 月

在水东湾跨海大桥工地

该有多大的气魄，才推得出这样浩大的工程！

一手牵着南海半岛、第一滩、虎头山、晏镜岭，一手牵着旦场、浪漫海岸、博贺港，牵起一道粤西最美的沿海风景线。

一面是一望无际的南中国海，一面是水东湾，一个 27 平方公里的海湾。

我站在水东湾跨海大桥工地上，胸中的豪情同大海一起奔涌。

往外望，蓝天白云，海阔天空，开放的胸襟装得下整个世界。

朝内看，一个杭州西湖 4 倍大的天然大潟湖，高楼林立，渔歌帆影，令人心旷神怡。

该有多大的手笔，才描得下这样宏伟的图景！

我站在水东湾跨海大桥工地上，似乎见到了那道彩虹已从头上飞过。

似见一座双塔双索斜拉桥，跨越水东湾壶口水道，把东西两岸的美景连成一片。

双向 6 车道的桥面上，车水马龙，环水东湾的车流在同时间赛跑。

30 米高的桥下，3000 吨的货轮穿梭，渔船与游艇洒满笑语欢声。

一座跨海大桥伸手一揽，把水东湾抱成了一个世界罕见的城市的内海。

四周 100 平方公里，沉睡的大地惊喜地醒来，开发的热潮风起云涌。

一座现代化的水东湾新城，从跨海开始，跨进了一个新的时代。

粤西大城茂名的主中心城区，正大跨步走来。

我站在水东湾跨海大桥工地上，看见理想与现实正在对接与交谈。

水东湾跨海大桥，几千年来只在人们梦中出现。

如今这个梦，还有几年，就能看得见，摸得着，走到我们面前。

工地上，人影奔忙，机器欢唱。

就这样踏实地走下去，还有什么梦不能实现？

2016 年 1 月

“登步”这个名字

登步，这个地名太好了。让我想起了两个美好的成语：一步登天，平步青云。

电白陈村镇一条小村的名字，不知叫了多少年，似乎一直未能名副其实，一直只是寄托着一个梦想。

隔着一条几十米宽的海沟，面对西岸电白县城的繁华，对比出城乡的天壤之别。

这一天，我绕了十余公里的大湾，从它的西岸来到东岸，看到了登步大桥建设得热火朝天。

这座跨度不大的跨海大桥，好像一步就能跨过海去。

我看到，正是这一步之遥，曾经让多少年的梦想比登天还难。今天，又只需一步，把遥远拉到了眼前。

作为茂名市新的中心城区的电白，现代化新城的步伐，即将一步跨过。

一张宏伟的建设蓝图，已把这一片乡野覆盖了。

登步，又让我想起，你终于名副其实，可以成为这两个美好的成语——

最好的注解。

2016 年 1 月

浪漫海岸的浪漫

这个海岸最浪漫的，就是这一滩波浪了。

同样的海水，却有不同的情感。

一样金色的沙滩，一样蓝色的海水，却有着截然不同的海浪。

一边波涛汹涌，惊涛拍岸；一边风平浪静，海面无纹。

一边激情奔放，心潮澎湃；一边平心静气，闲情逸致。

好像两群人来到海边：一群兴高采烈，载歌载舞；一群席地而坐，细细倾谈。

好像一个人的两种心情：有时豪情万丈，呼啸呐喊；有时心如静水，默默沉思。

好像两种爱的表达方式：有的死去活来，如胶似漆；有的温柔淡定，脉脉含情。

啊，各有各的浪漫。不同的浪漫在一起，不更浪漫？

不用问世界上哪里有这样的奇景。

唯独这里，有如此的奇观。

游人蜂拥而来，分享着这独特的浪漫。

又禁不住，要寻找这神奇的谜底。

这时就有一块礁石站出来现身说法——
正是它身在其中，分开了风浪的流向。
告诉着存在决定了意识。
以及，有怎样的环境，就会有怎样的心情。

2019 年 7 月

小良水土保持站的妙笔

我的面前，怎么会有一幅惨不忍睹的崩岗烂岭的场景？

一座寸草不生的荒山，一条被流水冲得千疮百孔的深沟，一片蚯蚓不来、蚂蚁不到的沙漠……

这是令联合国教科文组织刮目相看的小良水土保持试验推广站吗？

这是全国水土保持科技示范园、全国第一个人工热带森林生态园、联合国“人与生物圈”考察点吗？

我是身在誉为“北回归线上的人造绿洲”“世界最为独特的生态环境自然保护区”吗？

是的。知情人告诉我，不过，这是它 60 多年前的原状。

是特意保留下来的，1957 年建站前的景象。

60 多年前，这里是夏天地表温度高达 62.9℃的“火焰山”，连鸡蛋都可以就地烘熟。

水土流失，植被破坏，荒漠化步步紧逼，似乎已不适合人类居住。

用世界森林研究所所长、德国布朗尼教授的话来说：“光板地死气沉沉，像站在月球上很可怕！”

现在，这里冬暖夏凉，绿树成荫，瓜果满山，鸟语花香，成了人间仙境啦。

目瞪口呆的我，才从败笔与妙笔的反转中醒悟过来。

为它 60 多年天翻地覆的变迁所震撼。

为用汗水与热血创造出人间奇迹的人们而赞叹。

为他们特意保留旧日原貌的创意所折服。

在这里，我懂得了：有对比才有鉴别。

明白了，绿水青山与金山银山……

2019 年 9 月

水库上有座占鳌亭

罗坑水库的山上，立着一座占鳌亭。

占鳌是谁？有人问。

年轻的人不知道。不过我知道。

五六十年前，王占鳌是电白县委书记。我从小学到中学，听过好几次他的报告。

这个从三十年代就加入共产党的老革命，带着一口山西话来到南方。

多年来带领全县人奋斗不息，把穷山恶水的电白建成了“五好县”。

水利好、绿化好、交通好、卫生好、生产好。《人民日报》在头版头条发表社论，号召全国向电白学习。

当时我已是在外读书的大学生，也分享过赞誉的目光。

占鳌亭为什么建在罗坑水库？

许多人不知道。不过我知道。

从 1958 到 1964，电白掀起兴修水利的高潮，先后建成罗坑、黄沙、河角、旱平、热水 5 个水库和 4 大干渠，使全县农田灌溉面积占全县耕地的 57.57%。

而粤西三大水库之一的罗坑，是其中工程最大施工最艰苦的一个。

王占鳌就在此运筹帷幄，身先士卒，住草棚，挥铁锹，扛石头，洒血汗。

如今，罗坑水滋润着电白的大地与百万人的喉咙。

怎能不饮水思源？怎能不牢记这位公仆的贡献？

这一天，我站在占鳌亭上，站在水源的高处。

似看到，作为一级洁净水源的罗坑水，滋润千里，化育万物。

也盼望，作为人民公仆化身的占鳌精神，深入民心，深入官心，洁净人们的灵魂。

2018 年 12 月

饮水思源

自来水从来不是自来的。

茂名市电白区中心城区水东的水，从哪来的？是从引罗供水的水渠来的。

引罗供水水渠的水，从哪来的？是从王占鳌水厂来的。

王占鳌水厂的水，从哪来的？是从罗坑水库来的。

罗坑水库的水从哪来的？是雨，从天上落下来；是泉，从鹅皇嶂的山林涌出来的。

自来水从来不是自来的。天上的雨，山中的泉，也还不是自来水。

上世纪的1958年，电白人在这里风餐宿露，日晒雨淋，没日没夜，人挑肩扛，挥汗如雨，苦干了整整两年，才建成了罗坑水库。才有了库区面积7000多亩，蓄水量1.15亿立方米的电白最大，粤西前三的大水库。

新世纪的2015年，为解决水东城区供水不足，水质欠佳的问题，电白人在北京首创公司的帮助下，建设了60公里长的引罗供水工程，建起了引水枢纽的王占鳌水厂，水东人才用到了优质天然弱碱性饮用水。

为什么要叫王占鳌水厂呢？

水厂门口，竖立着一个人的塑像——

正是他，五十多年前的县委书记，身先士卒，同甘共苦，策划、指挥、建成了这座水库。

2016年1月

企盼引罗供水

这里的水最多。当地最大、粤西第三的罗坑水库，面积 7000 亩，蓄水 1.15 亿立方米。

这里的水最好。青山环绕，环境清新，远离污染，难得的优质弱碱性的生活饮用水。

站在引罗供水工程的图版前面，我似乎看见罗坑水翻山越岭淌到面前。

60 岁以上的水东人，都吃过海滨带咸味的井水。记得天旱时节，用皮球，用螯壳打水的情景。

50 多年前有了第一次欢呼雀跃，有了共青河，才扭开了自来水龙头。

这么多年过去，自来水供给已赶不上城区的发展需要。更何况，水质也已未尽人意。

站在引罗供水工程的图版前面，我急盼远水也能解近渴。

盼望它风餐宿露，风雨兼程，穿越 60 公里，来到水东城区，还有陈村片区、旦场片区。

令人欢喜的是，投资 11 亿元的大工程，还有两年就将建成。

采用了 PPP 的合作方式，由北京首创公司承建并特许经营。

不用花钱，30 年后全部资产会无偿移交政府。

一个惠民生的项目，采用了惠民生的方式。

站在引罗供水工程的图版前面，我盼望罗坑水流得快一些，更快一些。

洁净的水，清纯的水，你滋润的不只是一张张的嘴。

而是一颗颗的，心！

2016 年 1 月

馨泽苑记

一块三吨重的黄白色的天然巨石从粤北山区来到南海之滨。

它走进电白县城水东一座庭园时，发现了来自四面八方的许多同伴：广西来宾石，湖南汝城石，同样从粤北走来的英德英石；

更远的，是浏阳菊花石，安徽灵璧石，山东泰山石，青岛崂山石；

更远的，是名叫印度红、美国金砂黑的花岗岩，它们把唐诗宋词及当地文人的美文佳句刻上院墙，让这个四亩大小的园林整日飘荡着无尽的诗兴。

同土生土长的荔枝、龙眼、楸木、五味子、罗汉松一起，同紫藤、炮仗花、龙吐珠及知名不知名的五彩缤纷一起，同邀月榭、临池阁、梦笔亭、雅馨亭、鸣春轩一起，描述着馨泽苑的风景。

那些树呀花呀草呀石呀，称之为自然。

那些亭呀碑呀诗呀对呀，赏之为文化。

自然与人文相融相衬，更在不动声色中把人引入一种以文化之的氛围。

牛角挂书的雕塑，倾诉着园主刻苦的童年。

梦笔亭的故事，讲述着诗书传家的憧憬。

自己设计自己施工的园林与建筑，施展着一位高级工程师的身手。

采自名山的材料与出自名家的书画，泄露了旅行家兼收藏家的足迹。

全国征选的对联，一副副吟唱月圆花好人兴业旺的胜景。

门口挂牌的象棋协会，一声声敲点宾朋满座雅士云集的逸闻。

啊，有花红草绿鱼翔鸟跃，有诗飞字舞翰墨飘香，有琴动棋静风凉茶热，有老友新朋谈笑风生，还到哪去找这么好的世界？

远道而来的巨石，不禁迎门而立，高高竖起了大拇指。

这是对这座园林的赞赏，对园林主人的赞赏。

对每一位慕名而来的访客的赞赏。

2009 年春节

初秋在荔枝公园

佳期已过。荔红时节漫山遍野红灯笼的画面已经走远。

其实，见不到也有见不到的好。

要是夏天到来，只顾忙着手摘嘴吃，那还有眼睛什么事？

现在站在凉亭上，望千山百岭成荔海，凉风吹拂绿浪涌，多么令人陶醉的美景。

只见幼年之树，风华正茂；盛年之树，壮志凌云；千年古木，老当益壮。一棵棵神闲气定，潜心孕育。

好像在说，有了这成千上万亩的绿海，才会有来年挂满半空的红星。

从这里望过去，还可以望得更远。

望得到杨贵妃喜见一骑红尘到来，那涌上心来的一脸笑意。

望得到苏东坡日啖三百颗，竟不辞长作岭南人的一腔豪情。

望得到红线女一曲粤韵，倾倒了世界青年联欢节的一片欢声……

面对此情此景，虽无口福，却也是津津有味。

我在荔枝公园漫步，满眼都是诗情画意。

山上山下，每一处都赏心悦目。近景远景，每一眼都心旷神怡。
用不着等到荔红时节，一年四季都有醉人的风景。
你哪一天来到，哪一天就是佳期。

2019 年 9 月

第二辑

我的老乡冼夫人

/ WO DE LAOXIANG XIAN FUREN /

冼夫人

一个活了 1400 多年的人。

从南北朝活到现在。

还要同时间一起，与时俱进地活下去。

一个四海为家，四海有家的人。

在粤西、海南，直至东南亚，到处有她的住所。

仅在海口，就有 4 处的房产证上，登记着她的姓名。

一个也可称作万世师表的人。

一千多年了，一直在开坛讲课。

一门“国家统一，民族团结”的课程，常讲而常新。

一个亦神亦人的人。

千秋不息的香火，供着岭南圣母。

当代伟人周恩来，称她为“巾帼英雄第一人”。

她又被故乡叫作女儿，被不同年轮称为慈祥的奶奶或可爱的母亲。

一个来自我的电白老家的人。

我很荣幸，一出生就天然地与她成了老乡。

我从小就认识她。

不巧的是，她的真容，我从未见过。

2010 年

冼夫人故里

山不在高，水不在深。一条小村的名气，也是如此。

一位“巾帼英雄第一人”的出生，照亮了山兜丁村的历史。

我慕名来访，可惜迟到了1400多年。

娘娘庙还在。隋朝的，唐宋的，明清的，一层层砖石，垒出了屡毁屡建的不同的年代。

只有雷同的香火照样点燃。

谯国夫人墓还在。出土文物与世代典籍的相互印证，让国务院的大红公章，为全国文物重点保护单位作了鉴定。

让一些纷争落叶般无奈地飘散，让尘埃落定。

驮过巨碑的赑屃石还在。尽管已断成半截，仍以3000斤的体重，显示着它的分量。

证明了历史的无法搬动。

即使迟到了1400多年，我仍然领到了“老乡”的名分。

显然是沾光了。不过不是我自己讨来的。

应属天注定。幸运的我，也出生在同一个县份。

谁也无法改变。

2010年

山兜娘娘庙的墙

我惊讶于山兜娘娘庙之墙!

这座山兜的女儿冼夫人的故里之祠，这座“中国古代巾帼英雄第一人”的庙，有着与众不同的外墙。

不规则的石块垒成的墙脚，牢固地垒出了隋朝的风格。

往上一层厚重的大砖，结实地砌起了唐宋的风韵。

再往上层明清的砖块，分明地留下了多次重修的印迹。

当代人修旧如旧的手，把古朴保护得更为强壮。

啊，一千四百多年的风雨雷电，一次次把它摧毁成残墙断壁。

一千四百多年的崇敬拥戴，又一次次把它修整得更加亲切又更加庄严。

斑驳的外墙，沉着老脸的砖石，不动声色地讲述着历史。

岁月在改朝换代，墙壁上也划分了断代的灰痕。

庙会说话，墙也会说话。

光阴可改变山川的容颜，但历史的砖石砌成的信念，一笔一画都不会改变。

2008 年 4 月

别小看这块石头

这块雕成赑屃（bì xì）的石头，只剩半截了；这块石碑底座还在，碑已不见了。

啊，别小看了这块有来历的石头！

它仅存一半也长达四尺，连插入碑榫的方孔也纵横盈尺。

据知，只有三品以上的官员才配赑屃驮碑。岭南两千年的史册上，如此显赫者能有几人？

它卧在粤西电白山兜之原。身后是“隋谯国夫人冼氏墓”，面前是“娘娘庙”。

它的主人，正是“岭南圣母”冼夫人，正是“巾帼英雄第一人”！

啊，别小看了这块有故事的石头！

一千四百年的风云变幻，全收进它的眼底。

初时的鼎盛香火，后来的飞来横祸，再后的万民敬仰，它都一一见证。

只不过，一千三百多年中它是在烂泥坑荒草丛见证的。

在冼夫人的五世孙被冤灭门时，赑屃也被砍头了。

啊，别小看了这块会说话的石头！

在别处来争冼夫人故里时，这块石头又挺身而出。

它同历代古籍的记载，同出土文物的发掘，同冼氏墓娘娘庙相互印证。

据说甚至还有人想把它偷运出去。可是它太重了，只剩半截，也有三千斤。

现在它坐在一间亭子里告诉游人：赑屃是无法搬动的。

它也在诉说着：历史无法搬动。

2008 年 7 月

水东冼夫人铜像

我赞赏这一个铜像。

啊，凯旋的冼夫人荣归她的故里电白，就在县城水东风景如画的东湖畔，停下马来。

听得出轻轻喘息的战马，“嘚嘚”地踏着碎步。

面向大海遥望中原的冼夫人，转过身来，向前来欢迎的父老乡亲，双手作揖。

英姿飒爽的冼夫人！

慈祥可亲的冼夫人！

啊，不只有“征服”与“平定”，不只有杀气腾腾与威风凛凛。

更有那睿智的明眸，可掬的笑容，扬袖拂来的春风。

更有她带来的和蔼、和睦、和谐与和平啊！

我赞赏这一个铜像。

不仅赞赏报国英雄的威武，更赞赏山兜女儿之娇嗔，岭南母亲的博爱。

如此可尊可敬，如此可爱可亲，这才是“中国古代巾帼英雄第一人”！

2008 年 4 月

霞洞晏宫庙

同粤西、海南、桂南所有冼庙一样，敬的是巾帼英雄第一人冼夫人。

同世界上所有冼庙不一样，这座庙供着两座冼夫人神像。

站在电白霞洞晏宫庙前，我不禁涌出一个问号。

知情人告诉我：这是在元代，王、崔两族在隋朝原址重建“诚敬夫人庙”时，两姓各敬了一座神像。

这一与众不同的惯例，也已延续 700 多年了。

我幼时也到过晏宫庙，对两座神像却没有印象。

印象中只有正月十七日庙前看人坡人山人海，抬着冼夫人神像“走公”的热闹情景。

我却不知，“走公”时抬的正是两个“公”，王、崔两姓各抬一座冼夫人神像进行接力比赛，穿过十万观众欢天喜地的海洋。

穿过粤桂两省民众敬仰的目光，远近客商云集的喧嚷，与天下物产荟萃的兴旺，穿过王、崔两座大戏台的锣鼓铿锵与乐声悠扬。

穿过我眼中 60 年的风云变幻与阴晴圆缺。

如今，再一次重建的晏宫庙还在。两座冼夫人的神像还在。

我看见，风调雨顺、物阜年丰的霞洞，当然也在。

2013 年 10 月

穿越千年的石帆

一叶鼓满风的帆，驶上了山坡。

在浮山岭脚的石顶村边，行进了 1400 年。

我知道，方圆十里的荔枝林、番薯地与水稻田里，就有九张这样用巨石雕成的风帆。每一张石帆附近，还有一条石船。

石帆一律南凹北凸，上窄下阔。似在乘风破浪，由南向北前进。

而这一张，以它 4 米之高，90 厘米之宽，成了最大的石帆。

冼夫人就放在这条船上吗？

当年冼夫人巡视海南不幸仙故，就是用船运回家乡电白的。

冼夫人的船队，就这样浩浩荡荡，回到了家乡。

石帆上，并没有刻字说明。史册上，也没有明文记载。

乘风破浪的情景，是当地友人讲述的传说。

九张穿越历史的石帆，载着敬仰与虔诚，在这里行驶了 1400 年。

这个传说，有人信，也有人不信。

当然，我也信。

2013 年 10 月

一块布纹瓦的碎片

一块瓦片，混迹在晏宫庙前山坡的泥土中，拨开残砖碎瓦，同我相见。

它的凹面隐约显露的布纹，点亮了我的惊喜。

用水沐去它尘封的脸面，清晰的麻布印迹，露出了它的真容。

识货者告知，这正是隋唐年代的布纹瓦的碎片。

看来，它曾坐在隋末唐初，冼夫人孙辈所建的诚敬夫人庙的殿顶，阅尽了千万人对巾帼英雄第一人的崇敬。

又在武则天对冯冼家族抄家毁城的浩劫中，沦落泥土，埋没了一千多年。

据说霞洞一带的村落、山坡与田野，到处有布纹瓦的踪影。

诉说着从南北朝到隋唐，冼夫人的夫家冯家村兴衰的命运。

我手中的这片瓦，即使不能瓦全，碎片中也坚守着布纹的信念。

在历史的烟尘中，也不隐姓埋名。

功盖岭南的冼夫人，圣母的声名早已恢复千年。

这块与她一起蒙冤的碎瓦，或迟或早，终于也有重见天下的今天。

我拿着这片布纹瓦，同历史合影，让历史见证。

世事再难料，真相也会翻身。

2013 年 10 月

记一次我在冼夫人研讨会上的发言

在冼夫人故里电白开跨省的研讨会,竟有人主张淡化“故里”。

一位“砖家”（正式称呼又叫“专家”），提出把故里泛化、模糊化。

因为有邻县，也在争这位中国巾帼英雄第一人故里的名号。

我只好即席发言，亮出我的旗帜鲜明——

决定一个故里，应以历史典藏为据，以考古发现为证，以政府文件为准。

其实政府文件也是以前两项为准。

“电白县山兜丁村”三项齐备，而邻县的争议却拿不出其中一项证明。

我很奇怪，搞历史为何不顾历史？搞科研为何不讲科学？讲团结为何要“和稀泥”？

连最清晰的“故里”都要模糊，还搞什么“冼夫人研究”？

要么你修改古籍记载，要么你砸烂出土文物，要么你撤销市政府、省政府文件；

甚至扭转国家文物局的终审结果，阻挠国务院将要对新一批“全国重点保护文物”的公布。

不然就得承认这一事实，而不要再搞什么“争议”。

一片热烈的掌声，响应着我的旗帜鲜明，表明着他们的旗帜鲜明。

只见主席台上有一个脑袋摇晃着，是那位邻县籍的领导在嘟囔。

主席台上另一个脑袋，射来一束赞赏的目光。

会后他对我说，这时才发现我平时那副乌云密布的老脸，此阵却显得那么白净，那么名副其实地——

神采飞扬。

2012年8月

【注】后来，2013年5月，国务院公布“隋谯国夫人墓”为全国重点文物保护单位。也即确认了此处为冼夫人故里。

读《隋书·谯国夫人》片断

一群挑担的男女，走在1400多年前。

走到南北朝的南梁，天低云暗，叛军李迁仕大兵压境。

那时冼夫人还很年轻，亲率一支1000人的送礼队，前来参见。

分明是一队贩夫走卒，一路有说有笑，还哼起山歌小调。

李迁仕喜笑颜开，哪知有诈？哪有防备？

谁知来到栅下，却变身奇兵突袭，一举大功告成。

我想，写《隋书》的史官，一定也被冼夫人的妙计打动。

不然在淡如白水的记载中，怎会插入一幕有声有色有味的戏？

又想起《水浒》中那位叫吴用的军师，他一定读过《隋书》。

黄泥岗上的晁盖、刘唐、白胜、阮氏兄弟，用的就是这条计。

合上《隋书》，我佩服起这些秉笔直书的人。

史书中的冼夫人，真的同老百姓崇敬了1400年的巾帼英雄一样。

一会是雄才大略、威风凛凛的大将军，一会又是调皮、精灵的村女。

既可敬可颂，又可亲可爱。

2010年

儋州冼庙有苏诗

《和陶拟古九首之五》，一首最早歌吟冼夫人的诗。

苏东坡写的。写给谪居儋州中和的宁济庙的。

中国古代巾帼英雄第一人的冼夫人，谁不知道？

《隋书》有载，《北史》有载，《资治通鉴》有载，肯定别的诗也载吧？

只不过唯有苏诗流传罢了。

李白没写，杜甫没写，白居易没写，后来的辛弃疾、李清照也没写。

只不过他们没到过冼庙罢了。

粤西、桂东、海南直至东南亚，到处都有冼庙，都没有苏东坡的诗。

只不过东坡只到过儋州宁济庙罢了。

苏东坡不能不写。所有的条件，东坡都具备了。

得知了她丰功伟绩的东坡，怎能不赞颂“冯冼古烈妇”呢？

来到了中和宁济庙的东坡，怎能不“我欲一访之”呢？

同海南百姓已打成一片的东坡，怎能不“我欲作铭志”呢？
满腔爱国爱民情怀的东坡，怎能不“歌此送迎诗”呢？

写出别的诗人未能写出的诗，是东坡之幸。
成为别的冼庙未有的这首诗的原产地，是宁济庙之幸。
来到宁济庙读到东坡这首诗，是游客们之幸。
来到这里读诗的我，又是冼夫人的老乡，该是多大的幸呀！

2019 年 6 月

一件事丑化的人

高力士涂着白鼻子，出现在戏台上。

醉酒的李白在金銮殿为唐玄宗杨贵妃写诗时，他不得不为诗人脱靴。

作为才华横溢、蔑视权贵的诗仙的衬托，他成了反派。

成了千秋戏台上，最著名的丑角。

这一件轶事，最初出自中唐段成式的笔记小说《酉阳杂俎》。

后来《新唐书·李白传》也以讹传讹，竟入了“正史”。

其实，杨贵妃册封之前，李白早已离开长安，此故事无法成真。

更何况他已是太子称兄、王子公主称翁，皇帝也不直呼其名的显赫人物。

高情商的李白，怎么会在大庭广众之下当众羞辱他呢？

原名冯元一，他是岭南圣母冼夫人的六代孙。

只因家族遭诬灭门而流落他乡，后被收养而入了宦门。

曾助玄宗平定韦皇后之乱，而深得宠信。

一生忠心耿耿，被誉“千古宦官第一人”。

竟因一件不靠谱的轶事，而遭千年冤屈万众羞辱。

堂皇如“正史”，有时也会制造冤案。

很明显，高力士是被戏弄了。
名副其实地被戏所弄了。
当然，戏也是被人所弄的。

2019年3月

路过古城村

车子从“古城村”的牌子边闪过，从山清水秀的庄园边闪过。

背靠浮山岭，远眺沙琅江，一幅如画的美景。

友人却告知，这里又叫“苦城村”。

历史倒退到唐代，这里据说是一座县城。

冼夫人的五世孙冯君衡遭矫诬谋反，冯冼家族被武则天屠城、抄家、灭族。

这座城顿时腥风血雨，哀鸿遍野。

1400 年过去，一切都已被大地所收藏。

悲惨的史页，远古的哭喊，早已被岁月尘封。

只有考古队才能挖掘了。

车子从村边闪过，从稻田的金黄与荔枝林的绿荫中闪过。

只用一块“古城村”的牌子，记载历史上的昨天。

2013 年 10 月

第三辑

历史的回声

/ LISHI DE HUISHENG /

我的“冯家村”

说冼夫人是我的老乡，大概不会有人质疑吧？

这位中国巾帼英雄第一人的故里，就在我们县。

不过要说冼夫人家族就与我同住一条村，不知你们信不信？

当然我信。

史书有载：“冯盎为夫人之孙，唐时家于良德，即霞洞堡地。”

又说晏公庙是最古的冼庙，是隋唐冯冼家族的家庙。

后因夫人五世孙冯君衡出事而“家遂籍没”，冯家村顿成废墟，几无痕迹。

不过五世孙冯子猷妻许夫人、六世孙冯梧夫妇的墓即在附近，有碑文为据，足可旁证。

几百年后，又有崔、王两姓重建了霞洞大村，人丁再次兴旺。

抗战后期，此村靠了三十六座半祠堂而成了县府所在，两间学府也驻在此。

而我，也用第一声啼哭，撕开了校园里黎明前的夜空……

如今，霞洞乡间在此竖起“冯家村遗址”标志，引起我儿时甜蜜的回忆。

曾在晏公庙看过热火朝天的“跑公”比赛，也在看人坡的人山人海中看过连场大戏。

当然，一个人在何地出生属身不由己。

落地在名县名村，也不会平添他的人生价值。

不过，每当有人问起我的原产地，我一说出人们就能知道，就能记住。

不也是一种幸福，或说幸运？

2019 年 6 月

我的布纹瓦

我有一块完整的布纹瓦。你相信吗?

我回到了儿时住过的村庄。我是长大后才知道的，它是巾帼英雄第一人、南北朝的冼夫人夫家冯家村。心想说不定还能偶遇什么宝物呢。

果然就让我碰到了。在村头屋角，可见一些残砖碎瓦。

我捡起一片细看，瓦片上竟有布纹!

布纹瓦!我惊叫了一声。即使再平常，它也是古代文物。

可惜已是碎片了。我不禁叹了一句。

你想要完整的吗?陪我回来寻根的当地友人问。

他随手从一座猪舍的屋顶上，给我揭下了一块。

我惊呆了。这块完整的青瓦上，就有着清晰的布纹!

据知古时候用黏土制瓦，为防粘在一起，常用布片把瓦坯隔开。烧成后，就印上了布的纹样。

听说最迟也是宋代的产物，说不定还是隋唐甚至更早的古物喔。

我看到瓦片上布满了历史的风尘、光阴的渍印。

惊讶于千年的风雨洗劫、战火燎烤，为何它还能完整地保存?

不知还有多少千年的宝藏，潜伏在默默无闻的民间？

不管你相不相信，这块完整的布纹瓦就抱在我的怀里了。
怀抱着有待破解的历史，及被密码封存的惊喜与惊叹。
措手不及的嘴巴，竟情不自禁地惊叫起来。
顾不得，会吵醒它已默守千年的巨大的沉默……

2019 年 4 月

一炷香带我回到唐朝

海南是沉香之乡，有最好的香。我的家乡广东电白也是沉香之乡，有最多的香。

这一点，早在1300多年前，唐太宗就知道了。

是我的老乡、冼夫人的孙子冯盎告诉的。

中国古代“巾帼英雄第一人”冼夫人及她的子孙，致力国家统一、民族团结，让岭南社会稳定100多年，也令唐太宗龙颜大悦。

贞观五年，唐太宗诏见冯盎，留下了千古一帝论沉香的佳话。

这沉香，众香之魁！朴实又高贵，平易又深邃，看得见的音乐，闻得到的舞蹈，探得到的哲学，悟得到的境界！

太宗问：“卿宅离沉香远近？”冯盎答：“宅左右即出香树，然其生者无香，唯朽者始香矣。”

李世民因此得知岭南有这么一个沉香胜地。电白人识香、种香、采香、制香，一年又一年，一代传一代，又让沉香从盛唐传到了今天。

直至现在，电白有座沉香山，6000亩、100万株白香木，成了全国面积最大的沉香基地。

电白人也从海南采香带回加工，让家乡成了全国最大的沉香

集散市场。

我常听家乡人提起冯盎，说是他把沉香从唐朝带到了现在。
似看到他与唐太宗有关沉香的对话时，津津乐道，眉飞色舞。
一炷香袅袅升起，满室生香，我也满身生香。
就这样沉醉在奇妙中，沿着源远流长的香气，上溯到了唐朝。

2016 年 6 月

探访千年古荔园

来到霞洞千年古荔园，想随便找一棵老荔交谈。

这一棵荔枝树实在太老了，老得肚子已穿了个大洞。

这一棵荔枝树又实在太壮了，三个人手拉手，也抱不过来。

还用满头绿叶，诉说着它的生命力。

一千多年的风风雨雨啊，早让它宠辱不惊，沉默不语。

一阵风梳过树林，它也不笑一声。

尽管不是荔红时节，我也可以想得到红灯笼挂满枝头的情景。

与它对望，突然听到一阵远古的马蹄声。

“一骑红尘妃子笑，无人知是荔枝来。”

而它，当然是知道的。

当年杨贵妃赞赏的荔枝，就是从这个荔园送出的。

只有作为当地人的高力士，才知悉它的果大、肉厚、色红、味甜，只有浮山岭南的土地，才能结出抗寒、早熟的“三月红”。

只有这里特有的储藏技术，保鲜十日，才能跨越路途的遥远。

这样的荔枝，岂止妃子笑？谁见到都会笑。

如今，古荔园周围的 8 万亩荔枝林，让霞洞成了“天下荔枝第一镇”。

到处都是古荔园的子子孙孙呀。

站在它的面前，我不禁口舌生津，觉得整个世界，都甜润起来。

2013 年 10 月

刘长卿向南巴走来

诗人刘长卿走在760年春天，走在盛唐过到中唐的坎坷路上。

这位身着青服的从九品官员，刚从苏州谪任南巴县尉。

那时叫南巴，后来叫电白，正是我的家乡啊。

早就知道这位在《全唐诗》中收录了5卷499题509首的大诗人，这时我才知道他被贬到我的家乡，我到底该庆幸还是悲愤？

刘长卿向南巴走来，让我向他逐渐走近。

走近简练浑括、于深密中见清秀的五律，走近构思精致、清幽淡远的五绝。

走近安史乱后的荒凉凋敝，走近怀才不遇的伤感与送别友人的语淡情深。

“城池百战后，耆旧几家残。”“鸟雀空城在，榛芜旧路迁。”“柴门闻犬吠，风雪夜归人。”透过苍凉沉郁的笔调，我见识了什么叫做“五言长城”。

当然他也有七律。“细雨湿衣看不见，闲花落地听无声。”堪称传颂千年的秀句。

就连途中相遇的李白，也为他的“谁怜此别悲欢异，万里青

山送逐臣”而共震。

刘长卿向南巴走来，让我向唐朝走近。

明白了一位诗人的悲欢，和一个时代的悲欢。

2016 年 6 月

放鸡岛的鸡放到哪里去了

放鸡岛的鸡放到哪里去了？

我叩响山上雄奇的岩石，踏访脚下拍岸的浪花，探寻漫山遍野的野菠萝野芭蕉山葡萄山捻子，追寻掠过身侧的翠鸟毛鸡白鹭野鹤……

问内海点点的白帆，问大洋浩渺的海天，问印在海面的天光与云影，问拂过空中的清新凉爽的风……

问在澄澈见底的海底畅游的潜水者与在他们脚边游荡的珊瑚玳瑁海参海胆，问在波涛翻卷中悠闲挥竿的垂钓者与跟他们捉迷藏的龙虾鲳鱼乌贼石斑……

没有谁能回答，放鸡岛的鸡放到哪里去了？

旧《电白县志》有载，唐宰相李德裕被贬崖州，经此泊舟上山取淡水，并立碑为记。后人建李卫公庙祭祀，渔船过此必祷，必放一鸡于山中。

哦，岁月的波涛冲走了碑，冲毁了庙，把那些鸡也不知放哪里去了。

兴冲冲踏上岛来的我，不免留下些惆怅。

不由得不想念那些鸡，那个庙，那块碑，想念绮丽的风光下尘封的历史。

2008 年 7 月

在庄垌寻根

到庄垌，本意只在访古。

来认识南宋忠烈侯黄十九抗元的忠心赤胆，来领略明代“罗城井”与黄廷圭的满袖清风。

在庄垌，意外成了寻根。

意外地，知道了蔡秋涧的行踪，他是电白蔡姓的一世祖啊。

我听说过秋涧公。据知他是南宋福建莆田人，从廉州太守任上告老还乡，路过电白就住了下来。

现在才知道，是在庄垌扎根了。

原来此后电白蔡氏的30多代，10多万人，是以这里为源头。

作为蔡家子孙，我来得太迟了。自小在外，知道我的出生地霞洞大村，知道父亲的出生地林头上村，却不知我的始祖就住在这里。

置身于庄垌的山清水秀中，才知道先祖太有眼光了。

后来，这里又出了民族英雄与清官名臣，证明确是一块宝地。

直到当今，它以独特的风俗与好客的名声，成了茂名十大年例村之一。

还以原汁原味的“妆春”，同“飘色”绝技相互媲美。

我走进蔡氏宗祠，与“秋祺春颂心馨永，涧水宗流世泽长”的对联站到了一起。

走到那口滋养千年的古井边，望着依然清澈的泉水，想起了一个众所周知的成语……

2017 年 8 月

拜谒忠烈侯黄十九公

一位退休的高州巡检，只因宋帝昺航海避元兵至电白庄垌，他即以勤王护驾为己任，率兵民三千多人，奋勇抗击元兵，是为“忠”。

明知元军兵雄势众，而己势单力薄，而不惜以命相搏，最终帝昺脱险得救，但他与三千兵民终因寡不敌众，战死于庄山北麓，是为“烈”。

宋帝昺敕封他为“忠烈侯”，黄十九实至名归。

事发于南宋末年的1278年5月，至今近740年了。

庄垌村为此出了一个抗元英雄，庄山为此有了一座“忠烈侯墓”。

到了明朝，又有了忠烈侯庙。到了清乾隆年间，又竖起“皇帝敕封忠烈侯黄十九墓”碑。

这一天，我来拜谒黄十九公，作为民族英雄的老乡而深感自豪。

700多年了，一切都保护得那么完好。青山永在，英雄永在。

英雄有幸，贴心于这块用鲜血保卫的土地。

庄山有幸，拥抱着一个民族魂。

2017年8月

番薯林公庙

番薯也有庙?

是的。全称为“番薯林公庙”。

坐落在广东电白霞洞，纪念一位把番薯带入中国的人。

要知道番薯在《诗经》中并没有种植，在唐诗、宋词、元曲中也没有出场。

一个“番”字，道出了它的出身。

相传番薯出交趾，严禁外传，传入中国者死罪。

这是明朝的事了。吴川人林怀兰善医，治好关将的病后，又治好了国王之女。

关将请吃熟番薯，他提出想吃生的。悄悄藏了半截，他就匆匆回国。

不料过关时被关将查出，林医生请求私放他走。

放，对国家不忠；不放，对恩人不义。

结果关将放了他走，自己却投水自尽了……

番薯就这样在中国落地生根，几百年来，不知救了多少饥寒交迫的性命。

风雨无情。如今，在霞洞已找不到番薯林公庙的痕迹了。

青史有意。我是在清道光五年刊的《电白县志》中找到的。

乡间知恩。即使贫贱如番薯，也会有庙堂来拜祭。

人心是秤。捧着这份典籍，让我感到了一些事物的重量……

2018 年 6 月

罗城井

我知道广西有个罗城县，仫佬族聚居的地方。

不知道广东电白庄垌村却有座罗城井。

更不知道，为什么这里有座罗城井。

幸好井边的古碑知道。

明代弘治年间，庄垌人黄廷圭在罗城当了五年知县。1499年，黄母病逝离任归里守孝，“罗城士民数百泣送，并赠金千两，但黄坚决不受”。

于是罗城人“凿石栏井口，相率百余人，自罗运电，不惮远涉之劳，在庄垌就乡居之旁，掘地及泉，砌成一井，名罗城井”。

这一天，我站在罗城井边，望着井水思念。

我不知道五年间他在罗城做了多少好事，才被人称作“黄天平”。

不知道这一百罗城人，轮番扛着这石栏井口，如何风餐宿露，跋山涉水，才走过了两千里路云和月。

更不知道要有多深的感恩之心，才能催生如此震天撼地的举动。

幸好这座 500 多年前的老井知道。

人心似水，罗城井就是一面明镜。倾诉着——
有的人，隔着千里万里，也会有人追捧。
隔着百年千年，也会被人想念。

2017 年 8 月

电白也有五公祠

不只是海南有五公祠，广东电白也有。有相同也有不同。

海南的建于明万历，电白的建于清康熙。

海南的敬拜唐宋流放琼崖的贬官，电白的祭祀从唐到明的贤臣。

电白五公祠原址在水东的西湖边，古时叫石塔渡、铁潭坝。

第一公是唐朝诗人刘长卿，在电白麻岗当过南巴县尉，以余味不尽的五言熏陶了历代诗风。

不但有驻守的，也有过路的。唐代宰相李德裕，被贬为崖州司马。路经放鸡岛时，曾勒碑记海路的艰险。让两地的五公祠，都敬着他的大名。

不但有在任的，也有退休的。黄十九为护卫南宋朝廷，退位后亲率3000军民抗击追逼的元兵，在庄山洒下了一腔碧血。

还有明末的“陈李总爷”，陈琪为征讨海贼殉难，李树绩则刚柔相济，说退匪众，救下千百士民。

这座五公祠，计有330年了。尽管在围海筑堤后，被岁月所淹没；它在人们的心中，却永不消失。

不只是海南有五公祠，广东电白也有。有不同更有相同。

凡是爱国爱民的人，不管叫父母官，叫公仆，都会受到人们的崇敬。

有祠庙，就有香火。没祠庙，就有口碑。

古时是这样，现在也是这样。

2016 年 1 月

心中有座陈罗庙

从小就知道陈罗庙，但不知为什么叫陈罗庙。

上世纪 50 年代中期，我在水东东阳街读小学，这座庙就在学校旁边。

那时它是发电厂，整座小城微弱的灯光都来自它隆隆的响声。

过了 60 年，我才得知了它的来历。

原来它是两个人，两个不能忘记的人，陈罗是他们的姓。

那是明崇祯十五年，电白大旱，饿死者众。雷州富商派陈、罗两人，押两船粮食到水东出售。

两人目睹惨状，散粮赈灾，决心救人。老板再三催促，却抗命不归。

粮尽囊空，自知难以复命。两人便以麻绳自捆，投海自尽。

难忘大德的水东城，从此多了一座庙。知恩图报的水东人，香火供了 300 多年。

60 年后，我终于知道为什么叫陈罗庙。

一座庙即使在人们眼前消失，也可以更长久地在人们心中升起。

如今，这座陈罗庙就矗立在我的心中。

所有值得崇念的人，都矗立在人们心中。

2016 年 1 月

清代围屋朗山庄

你见过 36 个天井的大屋吗？

没有，我说。那跟我走。于是，友人把我带到电白沙琅镇月朗口村。

大宅门口是个广场。罕见的旗杆石、下马石，还有一口古井。方形的井口，有着弧形的一角，是为方便用桶打水的。

“朗山庄”三个大字把我引进大门。一个大天井，正厅是祠堂，两旁是住房。

这里可任意穿行到每一个房间，每家都有小天井，满足采光与排水。

大宅前后三进，左右六排，九条廊道，85 间，住过吴姓家族 200 多人。整条村的人都住在这里了。

友人说，这是典型的清代方形客家围屋。

我见识了早期客家民居的建筑特色：聚族围居，外紧内松；对外拒敌，对内开放。

大宅建于清嘉庆年间，据说建了十年。精美的木雕、石雕与模糊的壁画，至今仍在诉说鼎盛时的辉煌。

在这里，我寻访着一口口天井，穿行过一个个房间，不禁啧啧赞叹。

赞叹客家人的聪明与智慧，赞叹粤西不多的纯客家镇沙琅，还保存着一座茂名最大的古民居。

不过，风雨已侵袭了 200 多年，无人居住也有 30 年，大宅快要支持不住了。

我担忧，难得的古代文物命垂一线，会轰然消失。

我庆幸，大部分房屋仍然完好，抢救还来得及。

这 36 个天井的古屋呀，你挺住！挺住！

为了我的盼望，为了许许多多见过与未见的人们的盼望。

2018 年 12 月

沙琅四方井

外地人提起沙琅，就说到沙琅酱油。它驰名粤西 200 多年了。

沙琅人提起家乡，就说到四方井。沙琅酱油就是四方井水酿造的。

我从小就知道沙琅酱油，用我的舌尖，认识了它的香气浓郁，口感鲜美。

后来又在清道光年间的《电白县志》中，得知了它远播的声名。

但今天到了沙琅，才知道这口古井，明白了它此地酱油远近闻名的来源。

正是四方井的天然泉水对黑豆的发酵调制，才成就了它的美味。

正因这口井在当地人心中的地位，才有了四方井街的地名。

这口井的方位，很容易找到。这口井的面目，却不易看到。

它的井口，如今被一块木板锁着，让我无法一睹它的面目。

并不是封废，而只是保护。当地人说。是的，我也见到了，旁边是一幢大楼的建筑工地。

我知道，一口井的泉水，满足不了当今的生产要求，可以由清醇甘甜的沙琅江水取代。

但作为古镇的标志，四方井的位置是无法取代的。

一块木板遮盖不了一口古井的真容，也隐藏不住源远流长的泉水。

它不仅融入了一种名牌的盛誉，而且融进了一座古镇的历史。

2018 年 12 月

东阳街

初升的太阳，每天首先洒在这条街上。

不知这是不是这条街名的由来？不过我从小就是这样认为。

小时候，我总是迎着东升的朝阳，背着书包到这里上学。

这条街上，最出名的就是电影院了。

我脑中最闪亮的明星与最动听的歌曲，就是从这里出来的。

其实与我们联系最紧的，是菜市。

并不丰富的市场，及母亲更为干瘪的钱包，每天在讨价还价。

直到50年后的今天，我还想念咸鱼，觉得是不可多得的美味。

还有桥头的粮站，我也曾站在这里，举着一本粮簿排队。

正是这条街的物质与精神，一起喂养了我的童年。

那时桥头是谈情说爱的代名词。成双成对的叔叔阿姨、大哥大姐，披着夜幕交换甜言蜜语。

他们的幸福与烦恼，我们不懂，只懂得拿来取笑。

其实，这条街最值得忆念的，是我的母校。

入学时叫电白县三小，毕业时叫水东镇一小，后来又改名水东镇二小了。

不知是谁，总喜欢把校名改来改去。不过在我的履历表上，它永远是镇一小。

还得注明东阳街，还得加上括号。

为了避免混淆，更为了尊重历史。

尊重我的历史，尊重这座小城的历史。

2013 年 2 月

澄波街

以前它称作“正街”。

何为“正”？

是因它的经济实力吗？那时百货公司、纺织品店、人民银行、供销社，还有糖果厂，都在这条街上。

是因它的行政地位吗？这里有县政府，有镇政府。还有大会场，虽然是个大草棚，却经常开“三级干部大会”。

是因它的文化灵魂吗？这里有一间中学、两间小学，还有文化宫、文化馆、新华书店，那座大会场同时又是大戏园。

一条最有文化的街道！

小时候，我就住在澄波街上。

在电白一中上学，在文化馆读报，在文化宫打乒乓球，坐在书店地上看书，站在大戏园外面听粤剧。

在风雨无阻的骑楼下，穿过了我的少年时代。

从这里走出县门，走出省界，一晃50年。

似乎面目全非了，又似乎面貌未改。

一切都熟悉而又陌生。

它的繁华似被雨打风吹去。它的光芒，被一条条新街，一片片新区，一次次地超越与遮盖了。

没有人叫它“正街”了。

不过，它在我的心中，还是那么“正”。

在我眼中的地位，没有谁可以替代。

正如它的街名“澄波”，虽然我不知它的由来，但总是感到，它是那么美。

每当想起它，就有一些清澈的波澜，在心间亲切地荡漾。

2013 年 2 月

忠良街

一端是油地，一端是桥头。一条骑楼老街，紧贴着水东湾。

枕着涛声入梦，日子与潮水一同进退。

挽着繁忙的港口，日夜穿梭着渔船与货船，机帆与小艇。

支撑了一座县城的兴旺，万家灯火与柴米油盐。

最热闹的日子是五月端午，倾城空巷，在海中、街边与楼上围观赛龙夺锦。

欢乐如同一筐筐沿街叫卖的荔枝，红火又清甜。

在平日，成年累月与生活竞赛的，是码头工人。

搬运公司满墙的锦旗上，不但有龙舟冠军，还有篮球冠军。

以他们为主力的男篮县队，从60到70年代，垄断了湛江地区的桂冠。

我小时很喜欢在骑楼下穿行，在连串的小食、搪瓷、五金小店闲逛。

不过，喜怒哀乐都被50年的流水，淘洗得一干二净。

留下的，就只有一条街名。

在“大革文化命”的年月，它也曾被迫改名换姓。

好在名誉很快就得到恢复。强加的短命名字，已难以想起。
忠良，这是人类的美德啊。
即使一时遭到诬陷，历史也会给它正名。

2013 年 2 月

解放街

老城区有四条街，三条在外围。

这条街坐在中间，伸出三条臂，正好把三条街从腰间揽住。

还有许多小巷与别处相通，到哪个角落都有捷径。

一条穿过老法院到东阳街，一条直达忠良街的旧菜市。

通澄波街的窄巷只能闪过一个人，有一个不太雅的名字。

整条街全是两三层的小楼，也没有什么知名商号。

印象中有一家镜店，一家刻字店，一家照相馆。

给平淡的小街，增添了艺术的色彩。

最难忘的是它与澄波街交叉口的谜廊，逢年过节便人头攒动。

我尝过一些小小的甜头，也曾在此三日执迷不悟。

同另三条街不同，很幸运，它不必被人修改名字。

我从小认识它，就叫这个街名了。如今我已是老人，它依然焕发青春。

只要有封闭与保守，就需要它的存在。

有它常驻，就充满活力，神采飞扬。

2013 年 2 月

听忠良街讲古

在水东，四通八达的新大道辐射着未来，阅尽沧桑的老街沉积着过去。

历史是不能忘记的，精彩的历史更不能忘记。

这一天，我来到正在修复的忠良骑楼街，听它讲一条古街的历史，水东最早的历史。

这条海岸滩涂发育而成的老街，已经360岁了。

早在清朝，这里就设置了官方机构：康熙二十二年的海关署，乾隆三年的盐科司，咸丰元年的抽厘局。

随着水东港的日渐繁华，它成了外贸一条街，商铺、酒楼、旅店林立，有诗曰："十里帆樯依市立，万家灯火彻夜明"。

街道两旁的骑楼，以亚热带特色与南洋风情，讲解着海洋文化、航运文化与商埠文化。

我听到，"忠良街"用自己的名字，讲述了一方水土的品格，一方人的美德。

"冼太夫人庙"，讲着南北朝时期，中国巾帼英雄第一人冼夫人爱国爱民的传说。

陈罗义士的故事，讲着明崇祯年代，他们不惜舍身救民散粮赈灾的壮举。

又有清康熙年间，电白巡哨把总率船征讨海贼，而全部壮烈牺牲的篇章。

直到抗日时期，为弘扬忠良精神，省府以一块“忠良街”的牌匾为之正名。

即使后来也换过时髦的名字，最终也会还魂，回复“忠良”的名称。

这一天，我来到忠良街，看到修旧如旧的骑楼与石板街的本来面目。

看到灰黄的墙面，闪亮着曾经的辉煌。

一座古色古香的牌楼，是走进历史的入口，又是通向未来的出口。

一条步行街，文化街，特产街，重现着历史的精彩。

古韵风华，一张历史的名片。

也是一张现代化新城，不可或缺的新名片。

2016 年 1 月

站在油地码头眺望

一条木船坐在街边，坐在海边。

讲着油地码头的历史和水东城的历史，讲着一个码头对一座城市的贡献。

自古以来，水东湾就是一个天然的良港。风和日丽时，穿梭着一帆风顺。台风袭来时，停泊着一路平安。

这一天，我站在油地码头眺望，一眼望到了明朝末年，水东港已成鱼货集散地，海上丝绸之路的节点；到清朝，又有了直通江门、广州、香港的航线。

望到八九十年前，港口桅樯林立，码头车水马龙，四海客商云集。“太平洋”“五大洲”“东泰号”“东利号”，运进来洋油、布匹、食品与针织品，运出去食盐、桐油、花生油、竹木器与土特产。

“咳哟咳哟！”码头工人车拉肩扛，推动着一座城的历史车轮。

大汽灯亮如白昼，照耀着一座城的柴米油盐、酸甜苦辣、离合悲欢。

站在油地码头眺望，我望到了五十多年前的自己，在退潮的

海滩上捡过小鱼虾仔与聊以充饥的红树林种子，货轮与渔船驶进了好奇的眼帘。

而在荔红时节，我与倾城出动的人群一起，曾为力争上游的龙舟，忘情地欢呼叫喊。

如今，货运大码头虽已搬离，油地又成了交通、旅游、观光的胜地，一座花红树绿的公园。

船来船往，运走的是岁月，运不走的是乡愁。

我站在油地码头上，眼中，一边看着千百年电白的海洋文化，一边看着身边休闲的人们的满面春风。

心里，一面留下了历史的记忆，一面涌动着现实的情怀。

2016 年 1 月

第四辑

舌尖上的故乡

/ SHEJIAN SHANG DE GUXIANG /

炒米饼

把大米炒熟磨成粉，用黄糖浆、鸡蛋、绿豆粉搅和作皮，为此酥、脆。

用花生、肥肉、白糖作馅，为此甜、香。

用土灶、荔枝木炭烘烤，为此有乡土味。

家乡的炒米饼，从小就让我津津乐道。60 年过去，至今嘴边还挂着童年的味道。

据说是我们的老乡、南北朝冼夫人转战岭南的军粮。你信不信？

反正我信。如此聪明的中国古代巾帼英雄第一人，当然会创制这种当年的压缩饼干。

友人从家乡寄来一箱炒米饼，唤醒了我的乡愁。

舍不得一下子吃完，每天都可以回到故乡。

岂止是“保质期 9 个月”？

从我的儿时算起，已保质了 60 年。

从冼夫人算起，已保质 1400 多年了。

2016 年 4 月

红心鸭蛋

外来者的天空，认不出哪一片是故乡的云。

在外地这座城市，也很难找到故乡的标记。

终于有一天，一家专卖店亮出故乡的名字，还亮出了“红心鸭蛋”——

那是故乡名优特产的名字。

它的特，在于用红色改写了蛋黄。

谢绝了售货小姐的推介。我知道那颗红心的由来。

我也是同麻鸭一样在海滩长大的呀，我知道那些鱼、虾、蟹、贝与海藻，怎样日积月累，才酝酿成一颗硕大的红润。

蛋白嫩滑如玉，蛋黄流油喷香，切开那枚咸蛋就明白了。

听到我的乡音，售货小姐也明白了。

我也是吃鱼、虾、蟹、贝与海藻长大的，也会有那颗红润的心。

不用讨价还价，它的诚实与我的欲望都不会打折。

提一箱红心鸭蛋回来，我要让外地长大的儿孙，也记住故乡的味道。

即使像云一样在外面飘荡，也不是没有故乡的人。

2016 年

童年的味道

穿过五十年的风雨赶回家乡，在街边的夜色中悄然坐下。

灶火依然红亮，油锅照旧沸腾，半条街的飘香引诱着川流不息的行人。

不知是第几代的传人了。掌锅的师傅手舞足蹈地秀着规范的流程，拌着粉浆的生蚝一勺勺摊进油锅，一条条蚝艇在油海里翻滚几次之后，一块块炸得金黄的美味，就在召唤迫不及待的欲望了。

用生菜的翠绿包着金黄，用呼吸的急促吹散滚烫，垂涎欲滴之后是眉飞色舞。

扑鼻说不出的香，嚼着裹着嫩的脆，吞下只可意会只可回味的爽。

身旁一波波轮换的人流，带走了心满意足。

师傅却不明白，满嘴喷香的我，唇边竟挂着一丝遗憾。

尽管已是家乡一绝了，仍然赶不上我的记忆。

只有我才知道，我追寻的，总追不上的，是童年的味道。

也许味道还在，童年却没有了。

2008 年 3 月

蚝炸

蚝炸的妙处是内软外脆。

酥脆的是米浆糊成的外皮，柔软的是生蚝，鲜嫩的代名词。

更妙的是可以亲见它的生成。

一勺裹着许多小蚝的米浆潜进油锅，不一会，就浮起一艘喷香的游艇。

点几粒椒盐，包一片生菜。才不会上火，别有风味。

一个小摊坐在黄昏的街口，围拢着一排等候的大人，及一圈渴望的小眼睛。

那些小眼睛，并不是每次都能偿愿。

总要观望多少回，才有一次心满意足的品尝。

正因机会的难得，才有了更多的回味与挂牵。

据说有一位从小被拐卖的人，在远方偶然尝到了它的美味。

忽然唤醒了童年的味觉。

连忙追问掌锅师傅从何处来，竟然找回了他丢失的籍贯。

还天外归来，哭倒了一片望眼欲穿的亲人。

2017 年 4 月

海蜇

一小袋来自故乡的海蜇丝，掀动了全家巨大的欣喜。

浅黄色的肉体，泛出光泽，看起来就让人喜爱。

入口时软滑弹润，又脆又嫩。酷似凉粉，却更加爽口清脆。

据知它营养丰富，还清热解毒、降压消肿、养颜美容。

诸无所忌，老少咸宜，皆大欢喜。

都说不吃不知道，一吃爱上了。

我的眼前忽现童年的海湾。

一团团大蘑菇泡在浅水里，远望是白色，近看却晶莹剔透。

烈日下看它是一把把大伞，肚饿时看它似一个个馒头。

一群小孩围着它嬉戏玩闹，它却一动不动，当然它也跑不动。

它也用不着跑动，小朋友都不敢动它，知道它的毒液会蜇伤人。

就这样浮伏成海滩的风景，成为孩童的最爱。

如今海滩上很少有它的身影了。

它浓缩成简装食品，走向大街小巷，千家万户。

可煮可炒，水氽油氽，更方便的是凉拌。

一小袋海蜇丝，也可以有如此巨大的力量。

把同它久别重逢的我，拉回到童年。

把同它初次相识的儿孙，带回到故乡。

2017 年 5 月

鱼汤

回到久别的故乡，就想一碗鲜鱼汤。
果然是太鲜了。鲜嫩，鲜甜，鲜美，鲜得令人意外。
才发现，鱼汤里还放着猪肉、猪肝、猪腰、猪心……
把我的惊喜报告给乡亲时，却引起了他们的讪笑——
都是这样做法的呀，这才是本地的特色。

我少小离家，平时也很少回来。
除了鱼汤，对家乡美味大多陌生。
是的，物质匮乏的五十年前，没有人提起过这些美味。
空有技艺的厨师，也没有机会，去展示他的——
十八般武艺……

2017 年

虾皮情结

虾皮不是虾的皮，它就是虾，毛虾。
海边长大的我，从小就知道，小小虾皮也是肉。
那年月买不起虾，虾皮就成了家常美味。
抓小把煮青菜，就有了荤素搭配。
撒一撮进酱油汤，咸味立即变得鲜美。
我是吃海鲜长大的。——因了它，我才有了说这话的底气。
之后几十年我在外流动，离家时母亲总会让带走一包虾皮。
后来到处的超市都能买到，姐姐还是给我亲手晾晒。
她说这东西，还是家乡的好吃。

到现在，虾皮的名声已大得惊人。
据说它是钙库，最好的补钙食品。
还能补肾壮阳，理气开胃。
其实它本身的量很小，补钙与疗效，似是广告用语。
我与它几十年不离不弃，不是因为据说，只是出自喜欢。
也许，是喜欢童年的滋味。
也许，是喜欢有滋有味的童年。

2016 年 8 月

什么是最好吃的鱼？

什么是最好吃的鱼？

从七嘴八舌中游出的鱼类，足够办一个小型水族馆。

而我说出了最意外的答案。

我选答的鱼，从没有上过餐馆，在菜市身价最贱。

最丑陋的外貌，最凶残的嘴脸，浑身上下有最多的刺。

它叫狗宝。这是粤西老家方言，大号即是狗母。

我没有开玩笑。

它扑进肺腑的香味，赛过酒席上许多名贵的生猛海鲜，让我津津乐道了四五十年。

那年月，作为仅有的腥气，美化了几乎整个海滨小城的餐桌。

在没有冰鲜设备的年头，它以腌咸的身份，点缀我们淡而无味的童年。

直到今天，不断涨水的鱼摊，已很难寻它的踪影。即使以最低的身价摆在角落，仍然少人问津。

就连我们家那位没吞过咸水的学生哥，被鱼刺入侵过一次之后，也不肯下箸了。

不过我依然以稀客的身份，欢迎它一再登临我的家门。

哦，我说出了最意外的答案。

支持我的当然大有人在。

那是我回到海滨小城，附和票全已五六十岁。

2008 年 7 月

咸咸的乡愁

从小在海边长大，吃着鱼长大。

当然是最贱价的鱼，比如“狗母”，面目狰狞，浑身是刺。

当然是腌的，新鲜的吃不到，也吃不起。

之后几十年一直在外地晃荡。远离大海的城市，吃鱼是遥远的挂念。

每次返回家乡，母亲总说我脸黄肌瘦，一定是缺少鱼腥。

吃了几天海鱼，面孔果然就圆润起来。

好在后来我又在海边的城市生活，也告别了穷酸，鲜鱼成了餐桌的必备。

可是鱼档里很难找到“狗母”了，价钱太贱，摊主都不愿进货。

更难见到这种咸鱼，据说也很少人腌制了。

只能把它寄存在我的挂念里。

寄存在远方的故乡，及更远的童年里。

有一次，好不容易才买到这种鱼，让我吃得兴高采烈。

儿子却不小心遭到鱼刺攻击，由此坚决不再伸出筷子。

有什么办法呢?

外地出生的人，我很难把他带回故乡。

更做不到，带到我的 50 年前。

2014 年

渔家厨娘阵

渔家大会餐！

圆月当空。一字排开的白浪轻摇的沙滩边，一字排开的机息帆落的渔船边，一字排开的人声鼎沸的餐桌边，一字排开了声势浩大的厨娘阵。

成排的菜刀在砧板上斩砍丰盛。成排的锅铲在大锅上炒作欢腾。

菜刀起落，擂响一面面大鼓。锅铲频翻，敲起一面面铜锣。

大乐团的合奏，整齐中有错落，汇成欢乐颂的交响。

手舞足蹈的群舞，辉映着火红的炉火，火红的脸庞，火红的激情。

她们的男人，在汹涌澎湃的大海上，正是如此齐心协力众志成城的啊。

齐心拧成了绳。齐心拉起了网。齐心闯过了狂风暴雨骇浪惊涛。

齐心，也能让渔家的大会餐，有鱼的香，有肉的香，有酒的香，还有挥在手里扭在腰间挂在唇边的成群结队的豪气与妩媚。

齐心的女人啊！知心的女人啊！有心的女人啊！

有怎样的男人，就会有怎样的女人。

有这样的女人，也会有这样的男人。

2008 年 4 月

故乡的味道

水东芥菜的名声，早走出了家乡的县城，风靡了北、上、广、深、港的餐馆。

以通透的碧绿，卷心如灯笼的姿态，无渣而微甘的口感，而有口皆碑。

更绝的是它的脾气。据说从一米高处撒手跌落，叶瓣会自然四散，多么爽脆！

令长年出门在外的我，只有在梦中，才能品尝它的美味。

那天在外地的城市，发现它竟然与菜摊打成一片。

让我平静的心湖，溅起一个叹号，又跌落一个问号。

我知道，作为国家地理标志产品，它的特点之一就是产量很少。

我无须假装失手把它跌落在地，也可检验出它山寨的出身。

不过，我还是捧了两棵回去。

不加配料，清水白灼。

明知它不是真的，毕竟它总算近似——

故乡的味道。

2014 年

霞洞干捞粉

一碗河粉，浇上一小瓢生油与酱油。

一边用筷子搅拌，一边就口舌生津，迫不及待了。

顶不住的诱惑啊！

顶不住直冒的香气，滑嫩的感觉，说不出的爽快。

一大群人来到霞洞，面对满满一桌当地美食赞不绝口。我只用搅拌的筷子，投出了第一张选票。

是因为当地的新米研磨？是因为山涧的泉水浸就？

是因为琅江的酱油的清甜？是因为用蒜米爆过的豆油的异香？

啊，都是。哦，都不是！

知情人揭出老底：这里是我的出生地。

60 多年前，我在浮山脚下用啼哭报到。几十年了，我这是第三次寻根。

干捞粉是我饥肠辘辘的童年梦中，捞出的天下第一美食。

2008 年 5 月

捞粉

炊熟的河粉，切成条。
不加猪杂、牛肉、海鲜，一片素色，犹如故乡的云。
不用炒，也不上汤，干捞，老家特别的吃法。
浇上酱油、香油，尤其是蒜蓉，关键的关键。
嫩，滑，顺溜，喷鼻的香。
抹完嘴，一股爽快的感觉在胸间回荡。

八百里外一座别人的城市，干捞粉也已广为流传。
原来，老板与厨师也一口同样的乡音。
当然，最铁的追捧者是一群退休的老乡。
他们的童年，早就被捞粉美化过。
是谁说，万物都有返老还童的心？
儿时的美食，一生的最爱。

2017 年 4 月

不该入口的美食

那时候不知鲎是不该吃的。

不知道这种有着马蹄形背甲、长剑般尾巴的浅海生物，是重点保护动物。

作为地球上最古老的物种之一，四亿年前就出现了，比人类还早。

不知道它灰蓝色的血，可制成鲎试剂，有珍贵的医疗用途。

那时候小，况且，大人也没有保护活化石的观念。

只知道鲎肉、鲎腿，味道是妙不可言的鲜美。

尤其是鲎子，它的卵，爽口弹牙，又韧又脆，最为小孩子所爱。

小摊就摆在小学校门外。一直摆在我的脑海深处。

现在知道鲎是不该吃的。

可惜迟了。它已沦为濒危物种。

好在作为忠诚不渝的样本，它的故事广为传诵。

雄鲎雌鲎双宿双游，抓住了一只，另一只也决不逃跑。

被称为“海底鸳鸯”，坚守着延续亿年的家风。

有一次，我从外地回到故乡。

老乡说难得抓到一对鲎，问我想不想一尝美味。
我连忙摆手：不能吃呀！

不仅因为不能充当刽子手，去灭绝濒危的动物。
更因不能作为帮凶，去灭绝——
也许已属濒危的精神。

2017 年 4 月

木薯粑

木薯粑!

它被端出餐桌时，就被我喊出了惊喜。

这位儿时的伙伴，不知不觉间竟与我失散了近 50 年。

它的皮还是那么柔韧，一瓣生菜包得那么亲切。

萝卜丝的清甜，花生的香脆，虾仔的海味，平常的馅料酿出了不平常的美味。

还是那么有嚼头啊，一口就嚼出了我的童年。

那年头大米属于稀客，木薯成了主食，木薯粑点缀着逢年过节的喜庆。

无米之炊出巧妇。饥不择食的家乡，竟成就了木薯粑香飘四方的名气。

后来几十年，木薯粑不知不觉间消失了。

被面包、蛋糕，后来又被汉堡包与比萨饼挤得不知音讯。

它也不知在外乡奔波的我的音讯。

这几年，它才以原生态复出，唤醒了历史与传统。

我庆幸它的回归，以风水轮流转的姿态，展示困苦悲辛中无意创造的珍品。

也庆幸我的回归，才有了这次喜出望外的重逢。

好让我在外举头望月时，多了一份苦尽甘来、津津乐道的惦记。

2011 年 2 月

故乡的芥菜包

芥菜包好，就好在不容易吃到。

它只在粤西家乡才能吃到，况且，以前只在过年与冬至时才能吃到。

这种名叫芥菜包的糯米粑，其实并不是用芥菜，而是用生菜来包裹。

儿时过年在家中，就盼着母亲做芥菜包。

把昨天水浸的糯米打成粉。把昨晚准备的萝卜丝挤干水分，把花生炒好捣碎，把五花肉炸成半酥脆……

我发现她包的时候，还加上一点咸鱼，一点特别的香味。

生菜烫几秒就行了。太生会太硬，太熟包不了。

放进蒸笼时，守在旁边的我们早就迫不及待。

这时才明白用菜来包真是太好了。蒸时不相粘，拿时不烫手。

糯香加馅香，爽到你不怕烫嘴……

芥菜包好，就好在不容易吃到。

离乡在外多年，就只能在回忆中回味。

忽然有一天，老乡们在老乡开的餐馆中欢聚，一盘芥菜包在

惊喜中亮相。

一下子就让筷子们一扫而光，随即再来一盘。

吃得津津有味，讲得津津有味。

这是童年的味道呀，这是故乡的味道呀。

这时我却感到少了一味东西，老乡们一听，也点头称是。

少的是一点咸鱼。

可惜很难吃到了。故乡是那么遥远。

而且，母亲更加遥远……

2019 年 10 月

番薯窑

最好在冬天。有一点风，一点冷的感觉，一点对饱暖的向往。

最好有一群小伙伴。有人垒窑，有人挖薯，有人捡柴，还有人打闹与起哄。

一切都是就地取材。

坡地的泥团最宜垒窑。遍地的柴火随手可拾。地里的番薯手到擒来。

垒窑可是需要技术的呀。我们有的是能工巧匠，把窑拱得高高的，窑膛腾得大大的。放得下尽可能多的番薯，又不至于把窑弄塌。

快烧起火来！把炉火燃得旺旺的，把泥团烧得红红的，把我们的兴致烘得高高的。

往窑的肚子里塞进一条条番薯，一条条红皮白肉的渴望。嘿，那种黄心与花心的，更香！

轰！把火烫的窑壁弄塌，用泥团那火一般的热情，把番薯包围。

等待是最考验人的时刻。那些抢先伸出的手，总是挨打得直喊。

孩子王一声令下，一根根柴棍往窑里扒拉。人手一条的番薯，在一双双手中抛着，拍着，烫得哇哇直叫，越叫越高兴。

烫着的，噎着的，喘着的，舔着的，嘴挂黑炭的，满脸涂花的，谁也顾不上丑态百出。

那种香喷喷的味道，甜滋滋的感受，喜洋洋的场面，在我的脑海的银幕上，几十年一次次反复播映。

如今的小毛孩，没见过番薯窑，没听过番薯窑，没尝过番薯窑难以言状的味道。

番薯窑的面目，只有在粤西家乡的民俗陈列馆中，才能一见了。

陈列馆中的番薯窑，没有了色香味，没有了儿童的欢乐。

走进了历史的番薯窑，后辈们已不认识的番薯窑，是小孩子的幸运，还是不幸？

咳，谁能说得清！

2008 年 3 月

关于番薯的回想

番薯在《诗经》里根本吃不到。

唐诗没有种植，宋词没有种植，也不在元曲里生长。

在我的老家有一座番薯林公庙。它说，是明朝时光，林怀兰先生从国外偷天换日带回来的。

冒着杀身之祸，历尽千难万险。

活了林公的命，活了番薯的命。然后，活了千千万万人的命；然后，要活千秋万载的人的命。

我的童年，也是同番薯一起生长的。

它是粮，我来食。一个词解释着我们的相依为命。

那时它已变得平凡而又贫贱。一句俚语“像番薯一样便宜”，标示了它的身价。

后来，我与那些迈向温饱的人们一样，竟同它渐渐疏远了。

如今，它又点亮我的惊喜，亲切地在城里稀罕起来。

它香喷喷地从旧油桶烤出，弥漫着大街小巷的傍晚。

它的藤叶绿油油地在菜场超市招手，美化了餐桌上所有的心情。

我不禁想起老家的番薯林公庙，想起林公与番薯一起出生入

死的往事。

本来就不应该淡忘。

我们曾相依为命，它于我有救命之恩。

2008年9月

故乡的荔枝

收到从家乡寄来的两箱荔枝，知道又到荔红季节了。

虽然现在到处都能吃到荔枝，但毕竟，这是故乡的果园摘下的味道。

这是杨贵妃当年尝到的味道。

“一骑红尘妃子笑，无人知是荔枝来。”这是骄奢淫逸的皇朝的错，不是荔枝的错。

却无意中证实了故乡荔枝的好。

还有，别处难有的早。

产于浮山岭南的“三月红”，才能穿过八千里路云和月，给仍处春寒的长安，送来新鲜的惊喜。

这一点，也只有作为老乡的高力士才知道。

直到如今，霞洞新河村古荔贡园的600多棵古树，仍以1300圈年轮，流淌新鲜的甜美。

流淌千古不变的情感。

我迫不及待地品尝故乡的荔枝，品味热带果王的名副其实。

怪不得红线女一曲《荔枝颂》，可以风靡世界。

怪不得苏东坡赞叹“日啖荔枝三百颗，不辞长作岭南人”。

是的，到处都能吃到荔枝，但最好吃的还是故乡的荔枝。

它有我与生俱来的味道，永世难忘的味道。

它是童年的味道，故乡的味道。

2019年5月

海白冬瓜汤

知道海边的人为什么喜欢海白冬瓜汤吗?

知道成语鹬蚌相争的鹬，为什么不顾身后的渔翁得利，而冒死去食蚌肉吗?

海白，即白壳的蛤蜊，蚌的一种，就是我们大家都认识的海螺呀。

在我的粤西家乡,我从小就爱吃海螺。后来到海南,到珠三角,发现人们都同我一样，把海白冬瓜汤当作饭前的首选。

知道它味鲜、清甜、凉爽、解渴，在夏天又是解暑的良方。

可是就不知道此外还有什么道理。

不知道鹬奋不顾身吃蚌的道理。

有一天，在珠海一家老乡的餐馆聚会，老乡们喝着海白冬瓜汤，喝着大海的味道、家乡的味道。

一位民间营养师才解开了谜团。

关键是蚌有很高的营养。他说，蚌富含优质蛋白和氨基酸，可降低血清胆固醇;它丰富的牛磺酸及锌、硒等营养素,利于健脑。

世世代代的言传身教，人能知道此秘密，当然鹬也能知道。

他又说，蚌含有嘌呤，易引起尿酸高而痛风。

不过，有了冬瓜的中和，利水利尿解毒，就把风险化解了……

哦，喝个海白冬瓜汤，还有那么多学问喔。

喝下这碗汤，我汲取着老乡传承的智慧——

老乡们世世代代积存的智慧啊。

2019 年 10 月

第五辑

我心荡漾

/ WO XIN DANGYANG /

有故乡的人

我没有故园。也没有故居。

当然，我有故乡。

我出生的电白霞洞大村校园，那间老祠堂早拆掉了，但学校还在。

我成长的小城水东，认识我的人已很少了，但老街还在。

我读过的小学、中学，校名改来改去，校址也搬了，但上课的钟声还在。

土地与天空已被高楼商厦变了容貌，但旧地名还在。

海水与沙滩已被污泥浊水换了颜色，但大海还在。

许多美食已丢失了童年的味道，但甜美的记忆还在。

我在外地晃荡了 50 年，口音已遭到各地方言入侵，但家乡话还在。

我的梦早已被人生的悲欢离合、甜酸苦辣充满，但故乡故人故事还在。

只要心还在跳动，我就会时常回到故乡。

即使长年累月在外，一年 365 天在外，一天 24 小时在外——

故乡啊，我都是永远不会走失的人。

2015 年

想念家乡

走在远方之城的大街上，好像听到有人用乡音叫我。
四顾茫然。
一座陌生的城市。我也是这里的陌生人。
左边的人流迎面而来，没有招手。
后面的身影右肩擦过，没有回头。
拂过耳畔的风，唱的不是熟悉的旋律。
绕过头顶的鸟，说的不是我的方言。
没有人认识，也没有人理会。
叫我的声音，是在心中听到的。
那是远方的思念，抵达时的感应。
屈指一数，我离开故乡已好几十年。

2008 年 9 月

忘不了的方言

几十年在外奔波的我，停车在故乡的站台时，迫不及待脱口而出的那种话。

外地公共汽车上，突然听到陌生人的口音，甚至欲上前认亲的那种话。

巾帼英雄第一人冼夫人叱咤历史巡抚百越，讲了 1400 多年的那种话。

浮山岭的风，沙琅江的水，水东湾的浪吹过流过浸过，在稻田、薯坡、渔场、荔枝林、花生地生长，在墟场讨价还价，在鬼仔戏里唱做念打，在远洋渔船呼风唤雨的那种话。

喊着我的童年，牵着我的伙伴，融着我的乡情的家乡的土话啊！

我是一艘长年漂泊的船，没有机会操作家乡话。一旦泊上家乡的码头，滔滔不绝的只有家乡话。

家乡喜聚会，乡亲们讲的是国语、省语，我固执地用土语检验乡音与乡情的纯正。

京城访老乡，与中国社科院学部委员用乡音纵谈文学与世界，更添亲切与豪兴。

难忘的方言啊，只要我们不肯忘，不愿忘，它就怎么也忘不了！

它是流淌的血。它是晒出的盐。它是海边企望千年的石头。它是漂流四海落地生根的红树林的种子。

一百年不变。一千年不变。一万年？也不变！

只是我在外出生在外成长的儿子，却不会说家乡话。

我很后悔，为什么不让他喝几口家乡的海水。

2008 年 5 月

我的寻根

从远方的城市退回去，回到粤西家乡的浮山岭下。

从满眼昏花的目光退回去，回到哇哇哭喊的童年。

祠堂改名叫校舍。残墙破瓦挡不住风雨，昏黄的油灯点不亮暗夜。

当校长的父亲没有回来，据说为了保释闹解放的学生，父亲正四处奔波……

丽日南天的现在，浮山岭还在，学校还在，开黄花的相思树和开红花的灯笼花还在。

父亲不在了。

旧祠堂被教学楼覆盖了，哭喊的童声被苍老的男低音覆盖了。

当年的学生过来相认，竟说我与当年的校长很像。

尽管同英姿勃勃的父亲相比，我毕竟老多了。

不知怎的，此时却传来一阵稚童的哭喊。

我明白不是我的声音。

这哭声与那哭声，相差了六十年。

2009年4月

老乡的水烟筒

一群老乡刚在我家坐下，就有人四处张望，像在找什么。

没有烟灰缸。很抱歉。我说。

终于，有人从厨房找出个饮料瓶。眉飞色舞，写出了意外的惊喜。

稍微加工，就是一支水烟筒了。

我不抽烟，对水烟筒，小时在粤西老家早就认识。

他们轮着抽了一圈。接着，又轮一圈。

“咕嘟嘟”的水声似是音乐。然后张开大嘴，舒放出心满意足。

这些人，离家在此奋斗多年，已是大大小小的工头。

不至于抽不起，或抽不惯香烟。只不过老乡欢聚，还是水烟筒更符合身份。

水烟筒就是好啊。异口同声，轮着喷出了内心的感受。

它的缺点，只是不方便携带。

就在一声声“咕嘟嘟”中，他们顺利抵达了故乡。

而不抽烟的我，也跟着他们，回到了童年。

2010 年

方言之夜

一群老乡走上楼来，用亲切的乡音打开了我的家门。

七嘴八舌，叽叽喳喳，兴奋得无可言状。

当然是用老家的方言。那些俏皮话，只有用方言才会活灵活现。

引得大家开怀大笑，哄堂大笑。

他们说，憋得太久了，难得有机会用方言交谈。

在这座别人的城市，乡亲们又不在同一个工地，难得一见，更难得一说。

这天，是约好到我家来的。

其实，家乡的方言，平时我也没有机会说。

坐了一晚，说了一晚。说得兴高采烈，说得意犹未尽。

分别时，都说“今晚太爽了”。

到底说了些什么？谁都记不起，我也记不起。

只知道说了一晚的方言。

似乎这一晚，老乡们就是为了说方言而来的。

为一个“爽”字而来。

2010 年

外出多年第一次回家

那时我远离亲人在外地上学，第一次返回家乡。

火车大喊大叫了两日一夜，我都保持着平静。

它拐进了一条支线，却让我紧张起来。

许多人说的话这样熟悉，所有的秘密都向我开放。

越来越多地提到一些地名，一些我梦中津津有味的美食。

他们说笑，嬉闹。还用粗话骂人。

这些本不应污染空气的短语，从小我就懂。

面孔很陌生，没有一个熟人，声音却很烂熟。

那些带着海鲜、咸菜和单人木偶戏味道的语言，令我分外亲切。

我能分辨出他们来自沿海还是山区，甚至哪个乡镇。

很久没有说过家乡话了。在别人的城市，风中从没有吹送过这些声音。

于是我迫不及待地加入讨论，没话找话，套着近乎。

让我快要失传的想念，融进乡亲的怀抱。

后来我在外地游荡了几十年。

每当在街上听到熟悉的乡音，都几乎会有上前搭讪的冲动。

如此幼稚的心理和举动，让我似乎一辈子都没有长大。

总是把故乡读成家乡。

2012年9月

母校的形象

全班同学从天南地北回来，涌入母校的怀抱，让时光倒流 50 年。

那些低矮的教室，破旧的集体宿舍，狭窄的校园，都被岁月的海潮冲得无影无踪了。

那块吊在老榕树上的废铁片，连那声名远播的钟声，已经飘得远远。

大门上的招牌，也都换了好几次。

全都用焕然一新取代了。

只有那棵老榕树还在。我们与它，相互认出了当年的交情。

风华正茂的同学少年，都已不堪回首。只有它，做到了 50 年不变。

根深又叶茂，苍劲又翠嫩，越来越老辣，越来越新鲜。

所有同学都拥上前来，在轻风吹拂下，在海浪拍打中，在老榕树的怀抱里，来一个亲密的合影。

拍下了，母校的形象。

2008 年 4 月

两个母校

少年时的学校搬到了城市的近郊。

拥挤的老城已放不下那么多高楼与操场。

放不下数以百计的班级，及几万人的琅琅书声。

高大上的新校园，占用了百年老校的校名。

有口难言的老校区，只好被改了个新名字。

我的中学，因此有了两个母校。

令老人们的同学会，遇到了新难题。

许多人反对去参观堂皇的新校，理由是那个学校，我们并没有读过。

欢天喜地回到半世纪之前的校园，改了姓名仍然视同我们的母亲。

低矮的教室、简陋的宿舍，早都不再存在。

幸好时光回来，飘荡着当年的笑语与轶闻。

退休的老师幸存两位，还能认出半数的学子。

也只能同那棵大榕树合影了，几乎已是唯一相认的证物。

当然，没能出场的，还有树上挂着的那块铁片，以及它几十年来，一直响在我们心中的钟声……

并不是不喜欢新生事物。

只是，我们更喜欢那些——

有声有色的时光，有血有肉的回忆。

2017 年 7 月

在西湖开同学会

选定这个地方让老同学聚会，再合适不过了。

不仅因波光潋滟的与杭州西湖同名的水面，不仅因榕荫椰影草绿花香的湖心岛与湖心亭，不仅因月白风清的清幽与霓虹幻影的浪漫……

更因这个地点，秘藏着我们的青春。

岁月倒流 50 年，西湖倒退为一片海滩的烂泥。

日历倒翻 50 年，我们是一群稚气未脱的初中生。

用锄头与铁锹顶着烈日，用扁担与畚箕挑起艰辛，用汗水、泪水还有血水汇成湖水。

用红肿的肩头酸痛的臂膀讲述理想与奉献，用满脸的污泥包装一颗纯粹的心。

才有了这湖，这堤，这路，这岛，这亭，这花，这看不尽的风光与数不清的欢笑。

选定这个地方让老同学聚会，再合适不过了。

正好走回当年，翻阅青春的倒影。

也许西湖忘记了，也许西湖还记着，我们的脚印。

我们正在老去，西湖愈加年轻。

这让我们欣慰着，青春的价值。

2010 年 7 月

排着队去看望一位瘫痪在床的老同学

同学会的一声召唤，让远在四面八方的中学同窗，齐聚在家乡的小城。

一位近在咫尺的人，却无法到会。

一场车祸从许多年前飞来，让他瘫倒在床上。

让所有人把他的音容笑貌,定格成一位生蹦活跳好打喜闹的少年。

于是同学会转移会场，在他家狭窄的楼梯排成一条线。

轮到我挤上他的小屋，他一下就兴奋地叫出了我的姓名。

他几乎叫出了所有在场的名字，说所有人在他心中几十年都没有改变。

甚至还提起了我在报纸上发表的诗文。

我的悲悯顿时被他的乐观而覆盖。

我们一长串的慰问，被一朵撑坐在床的笑容所淹没。

真不知要经历多少苦难的折磨与修炼，才走到了这一步。

令我在俯下身来探问时，不由得抬起头仰望。

他说多年来从没有这么高兴，感谢这么多惦记满足着他的思念。

我更要感谢他。

下楼时，我就觉得注入了一股无名的力气，似乎牵引我向上攀登。

2010 年 11 月

漫步水东海堤

一道海堤挽起水东湾海岸，护卫着城区的安全，串联了 4 公里的风景。

我在海堤上走着，一下子走回到我的少年时代。

上世纪 50 年代后期，我用初中生的肩膀与汗水，参与了这道海堤的修建。

青葱岁月，就在海堤上披着晨曦，跑步，静坐，朗诵古文与英语。

月白风清的良宵，常有三代同堂迎面而来，成双成对擦肩而过。

远走他乡 50 余年，每次回到故乡，也会与海堤重叙旧谊。

堤外碧海蓝天，潮涨潮落，鸟飞鱼游，有变又更有不变。

堤内晨昏晴雨，树绿花红，半世纪不动声色地换着新篇：

看见运动场，人工湖，九曲桥，湖心亭，凯旋的冼夫人骑马伫立广场；

看见歌在飞，剑在舞，艇在游，会在聚，节日的花灯焰火映红了湖水。

这一天，我在海堤上走着，惊喜着一条新的生态绿道在堤上伸展。

棕色的自行车道，绿色的人行道，一条运动与休闲的风景线。

据知堤外还将有水上栈道，穿越红树林，串起海中小岛与心旷神怡的美妙。

听说堤下还要建浮雕长廊，讲述历史、民俗、风情，以及电白人的自豪。

我在海堤上走着，觉得故乡的美景总是看不够。

这道海堤总在不断地延伸——

连着过去，连着现在，连着走不到头的未来。

2016年1月

读卫生镇老镇长忆当年

老镇长在报上忆当年，让岁月的潮水倒退到40多年前。

回到我的中学时代，回到我的家乡水东。

回到每逢周末全城出动，用水桶与竹扫把让大街与小镇焕然一新的日子。

回到全民总动员围剿“四害”，一个个战役中热火朝天的镜头。

相册中我的弟弟，一位举着苍蝇拍的小学生突然闪现。

让我想起灭蝇数量，也是一份成绩单。

耳边响起陶铸书记的话：“想不到水东镇那么清洁，就连面包掉到地上捡起来也敢吃。”

眼前犹见现场会的盛况与口碑不胫而走，“全国卫生红旗镇”的名声到处飞扬。

那时我已到外地上学，脸上也沾上了家乡的光。

1965年1月31日上海《文汇报》，登出了《给一群青年卫生工作者》的散文诗。

那是我的处女作，记录着我对家乡的想念，和家乡带给我的荣耀。

一晃年轮转过40多圈，女镇长的照片依然英姿飒爽。

她娓娓道来，回忆起当年的艰辛与欣慰仍是那么亲切。

当年曾经的辉煌与当今的不如人意，在一面镜子面前相互张望。

令我明白请出这位全国劳模现身说法多么切合时宜，开展“城乡清洁工程”如此深得人心。

捧着这张报纸，我的心又从外地返回家乡。

回到40多年前，拿起竹扫把与水桶……

2011年3月

观根雕展览

可爱的树根！

长年累月千辛万苦地深入生活，扮什么就像什么。

坚定如山崖，柔情似流水，威猛若狮子老虎，疾驰犹鸟飞马奔，飞流直下挂一帘瀑布，金蛇狂舞奏一曲晕眩……

寂静中有天籁。单纯中有千般色彩。惟妙惟肖只可意会不可言传中藏多少奥妙与密码。

根雕艺术家陈列着他眼光的独到。

不同的观众从不同的角度进行破译，以不同的人生找到知音。

其实我最欣赏的是它的本色。它就是一段树根。

在没有阳光与空气的日子都能生长，还有什么不能跨越？

2008年4月

鲎壳打水

小时候，我们不知鲎是有四亿年生命史的活化石，是二级保护动物。

只知道它的肉，还有子，味道异常鲜美。

它的壳，许多人吃完肉之后，就把它扔了。

我们不会。我们还要用鲎壳在井中吊水呢。

鲎壳能装得了多少水？

它的壳很浅，装满也只有几碗水。实际上常常无法装满。

在我们这座海边小城，淡水太难得了。遇到天旱，水更难得。

在无法用桶打水时，就只能用半只旧篮球吊水。连篮球也无法装进水时，就只能用鲎壳了。

它很平，很浅，不过吊进井底，总能装进一些水来。

水太少，总比没有好呀。

点点滴滴，就这样艰难地养活了我的童年，养活了一座小城的童年。

如今，再也不能吃鲎肉鲎子了，也很难再见到鲎壳。

自来水招之即来，用鲎壳打水的年代再也不会复还。

但打开水龙头的时候，有时还会想起鲎壳。

我的手，由于沉重，而变得轻柔。

2018 年 9 月

与一群鲎在海滩相遇

从来没见过活着的鲎。

从来没见过那么多的鲎。

从来没见过那么小的鲎。

这是在遂溪草潭的海滩，我与鲎们的一次意外相遇。

我在海边长大，小时见过煮熟的鲎，大只的鲎。

还吃过鲎，它的美味，简直无法描述。

也不应该再描述。后来知道了它是有四亿年生长史的活化石，二级保护动物，后悔已来不及。

正由于多年来人类的捕食，鲎已越来越珍稀了。

没想到今天会同大量的它们在这里偶遇。

走几步就碰到一对。走几步又遇到一双。一下子就有十几双。

同我一起到来的诗人们，顿感新鲜与惊喜。

于是我有了难得的资格，讲怎样写这个字，怎样读这个音（尽管读得不标准）。

讲起这些海底鸳鸯成双成对、不离不弃的佳话。

但我无法解释，它们怎么会在这里成群结队？

幸有当地人说了，因为这里的环境好，无污染。

还有，之所以出现那么多的小生命，是因为目前正是鲎的哺乳期……

诗人们出自好奇，把它们团团围住。
鲎们出于自卫，它们紧紧地聚在一起。
诗人都是明白人，既不会有买卖，也不会有伤害。
它们却机警地抓住机遇，很快地，一双双沉进了沙里。
也难怪，它们肯定是听从了代代相传的教训——
宁可相信自己，也不相信人类。

2018 年 12 月

老家的水井

一座海边的小镇，就那么几口井，滋润着我的童年。
井水带着咸味，也比没有好呀。
从早到晚，水桶都在排队。
用木桶吊水，用破篮球打水，用鲎壳做成的水瓢舀水。
舀着舀着，就像干瘪的乳头再也挤不出奶。
只挤出泪来。
后来开出条人工河，从远乡引来了清淡的自来水。
水龙头一扭，哗哗的流水就唱起歌来。
有时水管爆裂，喷泉飞溅，也没有人搭理。
好像自来水真能自来一样。
在外漂泊了几十年，我回到家却找不到水井了。
一口口水井，都已被历史填埋。
当年的苦涩与艰辛，已被轻松抹去。
找不到童年的伤疤，也就提不起当年的痛。
讲给现在的年轻人听，竟然没有人相信。

2013 年 11 月

马踏石

马踏镇的地名也是从传说得来的。

据说古时有仙人云游赤岭，为青山绿水所陶醉，纵马驰骋时，在一块青石上留下了一个深深的蹄印。

这块石就在马踏石村里。

这个景作为电白八景之一，就在历版新旧县志里。

当然，也写在诗歌里：“仙留巨石马行踪，因此命名万古同。县志刊登居八景，于今蹄迹尚生风。”

这一天，我来探访这块“马踏生风”的石头。

“马踏石”的路标就竖在村口，一个箭头给我带路。

可是，村里已见不到马踏石了。

几个老人，给我指着马踏石原本的方位。如今，它已被一幢楼房门前的阳台压在地下了。

马踏已无马踏石，世上也无马踏石了。

我不禁悲上心来。不知为什么竟会有这样的事情发生。

一个地方，把它名字的来源丢失了。一个古镇，把它镇地之宝埋没了。

乘兴而来的我，只好黯然归去。

马踏镇还会继续叫这个地名。不过，也许得掘地三尺，才能名副其实。

2018 年 12 月

回故乡过中秋

不像歌手那样，叫马儿慢些走。也不像诗人那样，叫生活慢些走。

我要叫大巴车快些跑，越快越好。

快些回到故乡，快些看到中秋的明月。

离开故乡的中秋月，已经50多年了。

那些年，就得拿着一块月饼，举头望乡。

就得仰望中穿越千山万水，同故乡一起共赏一轮明月，分享一腔思念。

月是故乡明。往年我的月亮总不能最亮最圆。

近乡情更怯。现在只能用快跑掩盖我的心乱。

飞奔的大巴，把迎面而来的一块块里程碑甩在身后。

把风声、树影与风雨后的阳光，甩在身后。

把50多年的离乡背井、酸甜苦辣、悲欢离合，甩在身后。

却不能把我的似箭的归心，甩在身后。

只是，120公里的时速，不能再快了。

再快，无处不在的摄像头就要说话了。

事实上，马儿真的慢走了，生活也真的慢走了。

大巴车一路不时会慢下来，停下来。

一次次有人上车，一次次有人下车。

焦急如我，很无奈。宽心如我，又很理解。

这些人也是回家过中秋的啊。

同我一样，都是游子。

同我一样，心中都有一轮——

故乡的明月。

2016 年 9 月

大村寻梦

我的第一声啼哭响在霞洞大村，响在电白师范的一间祠堂里。

响在 67 年前。

后来才知道，这里就是岭南圣母冼夫人夫家冯家村。

没想到，我竟如此荣耀。一出生，就与冼夫人成了老乡。

这一天，我被带上楼顶，望见涌起绿浪的连片荔枝林，就是当年唱戏、“跑公”、人山人海的看人坡。

街头巧遇电师的老学生，早已退休在家，竟能认出我很像当年的校长。

随便走进老乡家门，会有石鼓、布纹瓦等隋唐遗物相迎。

一块完整的布纹瓦递到手中，让我喜出望外。

1400 年前的历史，都还能在这里留下了印痕。

可惜走遍全村，却再也寻不着我 61 年前的童年。

电师不在了，它曾带着我一起搬走，好在校园成了霞洞中学。

祠堂不见了，只把一些石柱、石墩、石条，摆在墙脚，叫我相认。

当然啼哭声也不会听见，一切都已那么遥远。

不过，即使面前的一切，都走出了我的记忆之外。

这里仍是我最初的家园，永远的故乡。

年轻的校长说，我也是他们的校友。

——67 年前，我就曾以一声啼哭报到……

2013 年 10 月

也是校友

霞洞大村这间学校我并没有入读，他们却认我是校友。

上溯到上世纪 40 年代中，这里叫作电白师范。

父亲在当着教导主任，我在母亲肚子里开始接受琅琅书声的熏陶。

后来成立了电白三中，父亲是第一任校长。

我的童年就在钟声与歌声中摸爬滚打，校园里有了一个最小的身影。

没有我的教室，到处都是教室。没有同班同学，所有人都是师姐师兄。

后来我跟着当校长的父亲，随电白师范搬到了县城水东，就把这块校园，存入永久的忆念……

十多年前，我回到故地寻根，一下子复活了儿时的景象。

三中已搬到新的校舍，当年的校园现在叫霞洞中学。

引领我参观的三中校长，讲解着半个世纪校园的变迁。

告诉我这块土地不管叫什么名称，都是我的出生地。

说我是这块水土长出的树木，年轮中刻录着不可分割的缘分……

2019 年 6 月

大海、波浪及一份简历

海还是那片海，浪已经不是那些浪了。

那个在海堤上，被初阳剪下晨读的身影的少年，收拾好课本，也收拾起一些波浪，一起流动。

浪向东流。在黄浦江边一座老校园准备扬帆，不料却被一场铺天盖地“大革文化命”的风浪，打得头破血流。

浪向南流。南海边一个部队农场，用稻草和泥巴盖房子，习惯了酷夏 24 小时在田头，割稻、插秧，还有同蚂蟥打交道。

浪向西流。桂东北的山沟，一座有色与稀有金属矿山，书声中给矿山中学讲作文，歌声中为文艺宣传队编节目。

浪向南流。南疆的绿城，用一张四开的小报为全广西的工人们说话，以及为他们中的大男大女免费征婚。

浪再南流。流到另一个海边，坐在一张晚报的背后，记录大特区省会波澜壮阔的岁月，直至回家过波澜不惊的生活。

浪向北流。终于流回粤西家乡的海边，参加中学毕业 50 周年的同学会。

那些波浪已经平静，不再在心中涌动。它已凝结，只在额头

生根了。

那个少年在海堤上的剪影，只在记忆中出现。

海还是那片海，浪已经不是那些浪了。

2013 年 8 月

把一间书店看作故乡的地标

这座县城已多次翻新，快要认不出了，好在一些老房子还在。
正是它们，而不是越长越高的大厦，被我看成城市的地标。
成为城市的记忆，甚至灵魂。
一间新华书店在澄波街尽头席地而坐，一坐至少 60 年了。
一直没有移动。在我的心中更不会移动。
从小学到高中毕业，我在它的书柜下坐过整整 10 年。
一放学就到这里盘腿坐地，听一些书讲有趣的故事。
店员们不会干扰，更不会驱赶，卖书人对爱书人总有一份偏爱。
此后我在外奔波 50 年，这间书店就在心中，没有放下。

如今我被人叫作“不退休作家”，名副其实地坐在家里，继续练习写作。

屈指算来，我的写作之路，就是从坐在书店地上起步的。
这是我的另一个家。这间书店看着我长大，这些书让我长大。
有人约写“作家的童年”，我就从这间老房子开始。
从故乡的地标之一，澄波街的书店，盘腿坐地开始。

2013 年 8 月

坐看退潮的大海

我又坐在故乡的大海边，读着退潮的大海。

不像涨潮时，那么兴高采烈地叫喊，那么汹涌澎湃昂首阔步地跳跃与跨越。

尽管也有声色，也有动静，也有一点小小的浪花。

尽管也在沙滩上留下一道吻痕，留下一些枯草与落叶的脚印，但绝不炫耀甚至也不留恋，那条曾经达到过的水准。

少时，我常在故乡观海。老来，我又回到故乡望海。

多少年了，我在反复的诵读与默念中，感叹它撤退的平静。

我认真想学，却终究还是学不到，大海它顺其自然，收放自如的进退。

2008 年 5 月

第六辑

至爱亲朋

/ ZHIAI QINPENG /

我与高祖用诗交谈

啊，我的爷爷的爷爷！

我和你失散已 120 多年了。

感谢拨开历史废墟残砖断瓦的那些民间寻求者的手，让我们在诗中相会。

我走进同治年间的国子监，同一位叫蔡灼荣的拔贡一起苦苦攻读。

跟随你从冯子才参赞营务，在猎猎飘扬的战旗下，吟唱抗法的大风。

在连年凶歉的故园，发出平平仄仄的哀号。

在咀嚼人生滋味时，细品在诗之外的功夫。

在 120 多年后，我们难得地以诗交谈。

你用七言五言的长歌短句，我用不押韵的散步的诗，交流古今相通的心声。

我认识你太迟了。我跟着你太晚了。

但愿，我能走进你的诗，像你一样作诗。

我能走进你的心，像你一样做人。

2008 年 5 月

跟着《安南杂感四首》哀叹

我跟着你，我的高祖，来到光绪十年。

越南的崇山峻岭间，冯子才抗法的营盘里。

夜黑如墨，马灯如豆。满腔诗情鼓胀得帐篷飒飒直响。

为什么你却在诗中哀叹？

险恶荒凉的山川，瘴雨蛮烟的境地，在抗敌的豪情面前已如潮水退隐。

立马镇南关，挥师谅山城，令曾嚣张一时的法国侵略军纷作鸟兽散。

我跟着你听着报捷的马蹄，响遍了千村万寨，万壑千山。

为什么你还在诗中哀叹？

朝廷一张割地议和的电旨，让三军负戟而长叹！

你只能哀诉无解与无奈，我也读懂了激昂与激愤。

啊，你传继给我，一颗永不褪色的爱国心。

我回报给你，一个正在实现的强国梦。

2008 年 5 月

两颗心在《悯时》中熬煎

天灾人祸一次又一次降临故园。

屈指十年间，炎炎旱魃，汤汤大水，狂暴台风，反复肆虐这块苦难的大地。

率土皆凶荒的土地，上下无完房的村落；

从饥寒中如草丛生的盗贼，在哭喊中走投无路的难民……

一幅民不聊生的惨景，牵着你那颗忧虑，也牵着我那颗忧伤。

我跟着高祖，一起在《悯时》中经历灾难。

你奔走呼号，你仰天长吁。我知道，不会有什么结果。

我知道，只在今天才有解决的答案。

可我还是为你的诗落泪。

那刻画入微的惨景，和那一颗在水深火热中煎熬的心。

2008 年 5 月

《寒梅迟开有感》之有感

迟开的花也值得吟咏么?
你却把满腔的热忱，献给了姗姗来迟的寒梅。
赞它“一枝挺出最夷柔”。
是一掬同情? 是一片安慰?
不!
我的高祖一语惊人:“天为储才故滞留。”
人家是有意为之的储备，长远之计的珍藏。
我为你的襟怀惊讶，为你的眼光赞叹。
“有志莫伤迟暮苦”，对有志未竟者予勉励。
“春来终为尔出头”，给怀才不遇者以希望。
啊，不要抱怨命运，更要把握命运。
豁达，一种超越时空的坦荡啊!
就这样联连了古今，沟通了老祖宗与我的心。

2008 年 5 月

同 60 年前的父亲惊喜中相见

一张发黄的照片，从历史的缝隙中现身。

让我不由得惊讶，接着惊喜，再接着惊叹！

坐在照片中的那个人同我太相像了，不过比我年轻。

英姿勃勃，目光炯炯，微笑着与我相望。

我不禁惊呼：父亲！我失散多年的父亲！

此时他坐在单人沙发上，身旁是更年轻的三男二女。

三人站着，一人蹲着，一人半坐，——为了与我父亲靠得更紧，他倚坐在沙发的扶手。

一朵朵怒放的光荣，或辉耀在年轻人的胸前，或盛开于他们的手上。

那朵大红花，连发黄的黑白照片也遮掩不了它的鲜艳！

岁月的烟尘，同样蒙不住他们的欢欣鼓舞，神采飞扬。

一行黑底白字作出了历史的说明："电三中参加空干员生留影"。

哦，当校长的父亲正在送别参军的学生。

英年早逝的父亲走得太快，连一张全家福都来不及留下身影。

好在这张喜出望外的历史，填补了当地教育史的一页，更填补了我可以物化的忆念。

"一九五一年一月十四日"，一行数字提醒着光阴似箭。

我一下回到了 60 年前，记住了父亲 36 岁的笑容。

2011 年 5 月

戴在心中的校徽

我有过许多校徽。小学的，中学的，大学的，甚至大学老师的，白底红字，红底白字，我都戴过。

通通都丢失了，只有一枚留着。

在心中佩戴着。

那时爸爸是师范校长，我是附小的学生。

教导主任拿来一个图样，写着“电白县师范学校附属小学”，让爸爸确定。

太长了。爸爸说。他拿起笔，一下子勾掉了差不多一半。11个字只留下6个：

“电白师范附小”。

主任眼前一亮。站在一旁的我，也眼前一亮。

字数减少了差不多一半，所有的要素都没有缺席。

爸爸从来没有教过我的写作。英年早逝的他走的太快，走到了时间前面。

好在60年了，那枚校徽还戴在我的心里。

在我提笔爬格子时，它就闪出来，告诉我，要不要勾掉一半？

2014年12月

儿时看父亲读书的情景

回到50多年前那个傍晚。

当老师的父亲，捧着一本厚厚的书，坐在小凳上。木盆里的水，冒着热气。

父亲的双脚，在热水里搓着。父亲的双手，在书本上翻着。

不知过了多久，他的手还不停在翻动，他的脚却一动也不动了。

我用手往盆里摸了一下，冰凉的水令我一声惊呼，竟把父亲从书中拉了起来。

过了50多年，我也知道了，有些书的魅力真的能让人忘了一切。

说不定，我现在捧上父亲当年那本书，会不会把小凳坐进盆里，而把脚伸出盆外……

2008年6月

小时候这样爱上了书店

那时候，爸爸在县城外的师范当校长。大人们说他很忙，不是每天都能回家。

要是他回城，必是先到书店，然后才回到家来。

我放学后就背着书包到书店去，同书架上那些书，一起耐心地等。

要是等到了，爸爸就带着一些兴高采烈的书，和兴高采烈的我，一起回家。

要是等不到，只有垂头丧气的我，拖着垂头丧气的书包回来。

有一次，等到路上的灯全亮了，又等到书店的灯全熄了，还不见他回来。我竟然放声哭了。

好像他再也不会回来，不再要我，不再要书一样。

后来，他倒在省城的医院里，再也不回来了。

我还是每天放学后，到书店去等。

好像那些书知道他会回来一样。

好像他就在那些书中，总有一天会回来一样。

2014 年 12 月

集邮史的第一页

我那时不懂什么叫集邮，只知道捡旧信封。信封上有花花绿绿的邮票。

知道邮票是寄信用的。这些脸上盖上了时间地点的邮票，用过了。师范生们把旧信封扔在垃圾箱里。

我没有收到过信。妈妈也没有收到过，她收到也看不懂。爸爸寄回的信，都是寄到学校，老师叔叔才告诉我们的。

爸爸住在省城的医院里。他的病情怎么样，我们不知道，只有学校知道。

我只能走 5 里路，到学校里等爸爸的信。

只能到垃圾堆里翻旧信封，看有没有爸爸寄来的信。

还是收不到信。还是找不到爸爸的信。

我的收获，只是许许多多旧信封上，许许多多精美纷呈的邮票。（后来听大人说，这是国家的名片。）

我把它们收集起来，贴到作业簿上。开始了我的集邮史。

于是有了上世纪 50 年代中期，一本新中国早期的邮票集。

集邮迷都说，我这些邮票非常珍贵。

在我心中，比他们说的要珍贵百倍。

他们只知道珍贵，只有我才知道，为什么这样珍贵。

2014 年 12 月

一片菜心

那时候我们小，不懂得相让。

对好的东西，只知道争抢。

我和妹妹，都喜欢吃白菜的心。又嫩，又软，还有一点清甜。

两双筷子，就在菜盘子上空刀枪交加。结果是，妹妹的脸上下起了大雨。

父亲并没有责骂我们，只是说了一句话：“这不是菜心，它是菜头。”

菜头又粗又硬，还有根须，不是我们所爱。

于是风停雨歇，让我们啼笑皆非。

六十年了，父亲早已不在，这句话还在。

那片由嫩变粗的菜心，一直放在我的眼前。

让我往往在蠢蠢欲动的关头——

顿失了争抢的冲动。

2017 年 3 月

父亲留下的书

父亲留下的书，一本也没有了。

仅存的一个小书柜，也是空空如也。

他曾有满屋的书，在一大排书柜里整齐列队。

在我很小的时候，父亲撒手而去，那些书不肯走。

在我们家饥肠辘辘时，那个收买佬把许多书带走了。

用他叮当响的铃声，换取我们的空饭碗不再敲得叮当响。

不要文化的“革命”降临，又把我们家剩下的文化撕毁与抛弃了。

父亲留下的书，一本也没有了。

只留下父亲与书的故事。

他的老师，那些中国教育界的名师们，告诉我他的聪颖与刻苦。

他的同学在青运史里，描述他以图书管理员身份掩护的地下斗争。

他的学生津津乐道于他过目不忘、倒背如流的传奇。

一晃 50 多年，我也有了满屋的书。

一大排书柜里，父亲留下的书，一本也没有了。

没有一本是他留下的书。但，没有一本不是他留下的书。

他给我留下的书，用眼睛看不到。

留下的，是对书的态度……

2008 年 5 月

当年，挑水卖的母亲

母亲那时真年轻！

挑着满满一担水，跑得飞快。

那时小城里还没有自来水。挑一担井水跑两里路，卖一分钱。

那时，我还挑不动一担水，弟弟妹妹更挑不动。

母亲挑得肩膀都肿了，还是挑。挑得皮脱了一层又一层，还是挑。

挑得晴天也汗湿如洗。挑得白日也星斗满天。在踉跄中，挑起了失去父亲的一家七口交迫的饥寒。

转眼间，日历牌已翻过了50多本。

我们家的日子，就像自来水龙头，一扭开就有源源不断的“哗哗”流水。

我们围坐在20座的大桌旁，举杯庆贺母亲的91大寿。

酒在杯中晃荡。我竟想起当年母亲挑的担子，水，在我眼前不停地晃荡。

2008年6月

遥远的炊烟

“你妈叫你回家吃饭！”

一句蹿红网络的流行语把我叫回遥远的童年。

那时天空还十分清爽，一缕缕灰白的炊烟直上蓝天。

袅袅飘绕的炊烟是妈妈在招手，顿时新米与青菜的香味四处飘散。

“你妈叫你回家吃饭！”

一句亲切的叫唤潜伏了五十年，突然间把我的乡愁喊醒。

可是炊烟已飘得无影无踪。诗人说，炊烟是很久以前的风景。

高楼峡谷中，燃气灶烧出的油烟已随弯弯曲曲的管道悄悄溜走。

灰蒙蒙的天空，到处看不到炊烟，到处都是弥漫的炊烟。

那缕清爽蓝天中飘袅的灰白，只能飘在遥远的童年。

飘在一句大梦初醒的亲切里——

“你妈叫你回家吃饭！”

2010 年 1 月

陪老母亲逛大街

六年前的春节。

把好不容易才团圆一次的兄弟姐妹，及正长大成人的晚辈的欢乐，统统留在家中。

我一个人陪着母亲出门，去看望久不相见的大街。

我与这座南方的油城，每年只有一两次重逢。而和母亲一起逛街，也不知是哪个年头的事了。

母亲菊花开放的脸上，同阳光一起灿烂。88 岁的腿，仿佛要超越我有意放慢的脚步。

指点着或新或旧的大楼商铺，有名或无名的树木鲜花，给我讲有趣或无趣的往事。

碰见认识不认识的人，都点头欢笑，介绍我们一望而知的关系。

满街的灯笼、鞭炮、人群、年味，都来烘托她的快乐。

甚至不顾她的疲累与我的担心，一再倒拨返回的时针……

过了两年，摔断的股骨让她步履蹒跚。

又过两年，胆结石的折腾让她卧床不起。

直到今天，94 岁的笑容只能僵硬在枯黄的脸庞上了。

这令我常常回想六年前，她在街头闲庭信步的欢乐。

令我终生悔恨，为什么当年不给她多一些这样的欢乐……

2010 年 10 月

乘着夜色回老家

粗重的汽笛一声长鸣，没能把沉睡的城市叫醒。

没有鼾声的楼群，不理会喘气的火车，和喘气的我。

只有落叶在夜风中搬迁，弄出了一些动静。

从几百里外日夜兼程的我，也如一片归心似箭的叶子，却飘进了城市的寂静。

弟弟家的门为我醒着。

医院重症室的门却睡得深沉。我知道，里面醒着 91 岁老母那颗无眠的心，正呆望着输液管，一滴滴地数着我的归程……

2008 年 5 月

病房外的团圆

老母亲在病床上一声微弱的呻吟，远在四面八方的所有儿女，都听到了。

跋山涉水而来，漂洋过海而来，日夜兼程而来，在危重病室外的长椅上，全家团聚。

过年时都到不了那么齐。

每年的团聚都会有意外的缺憾。这次不会再留下缺憾。

没有什么比这事更重大了。

没有任何理由，能阻挡回家的脚步。

在病房外手拉手，扭成一股与病魔拔河的缆绳。

相信一大群火热的胸膛，足以融化病魔的冰冻。

给医生那回春的妙手，一个相应的季节。

2008 年 4 月

在危重病房外守望老母亲

一道白色的墙，隔开了里头外头。

医院的危重监护室里，91 岁的老母亲，正在同死神赛跑。

她不缺乏经验。只是几十年的较量，已让她心衰力竭。

封闭的运动场外，儿孙们在焦急地等待。看不到现场直播，加油声也被那道白墙拒绝。

不过，她能感受到场外那一声声无言的召唤，让她坚持着斗志的不懈。

医生是裁判。每隔一段感觉漫长的等候，才掀开门帘，通报一下比分。

我们都愿替她去跑。

可裁判手中的报名表说：不能换人！

终于，似无表情的裁判，告知了长跑的这一赛段，又取得了领先。

窗外一阵春风拂过树林，染绿了所有的心情。

2008 年 4 月

老母亲的胆结石（之一）

我越山渡海回到家乡，守望卧倒在病房的老母亲。

可恶的流沙太大胆了，竟敢偷偷溜进老母亲的胆里，积成结石。

折腾得她三天两头，一直喊痛。

多年前曾把它驱逐出境，可是不知什么时候，它又偷渡回来了。

而且变本加厉，追加着利息。

如今，91 岁的病躯再也无力把它赶走。

也无法把它赶走了，已禁不住刀子或激光的搏击。

医生不够胆，我们晚辈更不够胆。

只好挂一个又一个的瓶子，让昂贵的汁液去安抚那赖着不走的石头。

她出院回家，我离乡返程。

可是那可恶的结石再次发作，把母亲叫回医院，把我叫回家乡。

经过三五个来回的渡海越山，我的胆也不时发痛。

我的身上没有结石。

我知道，这是痛得死去活来的母亲，发来的短信。

2008 年 6 月

老母亲的胆结石（之二）

三颗龙眼核一般大的石头，伸到我的面前。

92 岁的老母亲从手术室里推出，外科医生递过来从母亲的胆中取出的“纪念品”。

就是这三颗石头，霸占着母亲的胆囊，堵塞了周边的管道，怪不得她没日没夜地喊痛。

真不知这些年来，她怎么受得了这无终无止的痛。

她的痛，紧闭的嘴唇已无力说出，只让枯柴的躯体蜡黄的脸颊来说。

往日用针水来麻痹她的痛，只能是加剧着她的痛。

不得不，冒险开刀。

终于，三颗石头连同她的胆囊一起切除了。

老母亲没有胆了，而这么多年来，她真够胆。

如今，母亲的痛被取出来摆到我的面前，成了我的痛。

这三颗纪念品，这些不能原谅的石头，可让我经常翻阅。

让我痛切地感受。

2008 年 12 月

那一双眼神

一双眼神倚在门框上，望着我从楼梯一级级地退落。

那一双慈爱、热盼、祝福与叮咛，在我面前一级级升高起来。

让温暖与悲凉的激流同时从我胸中涌起，在楼梯转角处，终于淹没了我的眼睛。

那是我的母亲，在我每次离家时，一再复制的情景。

40 多年，一次次粘贴的情景。

那一双眼神，原先是可以出门的，后来是可以下楼的。

后来，就倚在门框上，成为一幅特写。

再后来，那一双眼神就站立不稳，只能坐在客厅里，让敞得不能再大的大门，完成与我逐渐沉降的眼睛的对望。

而这一次，我从楼梯缓慢地退下时，那一双眼神不见了。

那一双 95 岁的光芒，已埋没在地平线以下。

在楼梯转角处，我回望那熟悉的门框，只是一片空白。

我的心，顿时也一片空白……

2011 年 5 月

家传美味

萝卜干炒鸡？谁的发明！

把高贵与贫贱，混为一谈。

不用油，也不用盐。你中有我，我中有你，竟升级成一道名菜。

姐姐端出来时，说她这手艺只学到了几分。

以前，曾是母亲的拿手好菜。

可惜少小离家的我，对此却印象模糊。

此后我每次回到家乡，姐姐都给我做这道菜。

她知道我喜欢，我知道她也喜欢。

吃着吃着，我们便不再说话。

筷子也停了下来。

2014 年 3 月

第七辑

最忆是童年

/ ZUI YI SHI TONGNIAN /

寻找童年

细雨中撑一把伞，挡住岁月的飘洒。

我的焦急的足音，跨进了浮山脚下的校园。

倒塌的老祠堂，只遗下石柱的基座。引路的老人指点随雨飘过的几声婴儿的啼叫，告诉说那就是我。

已拆去的低矮的课室，偏高的窗棂下，有一双用砖头垫高的仰望的小眼。老人说那也是我。

简陋的篮球场，激烈的拼抢与进球的欢呼声中，一双小手在沙地上不断翻新着战火的记录。我知道，那就是我。

我记得，终于背上书包的时候，胸章上挂的是别处的校名了。

啊，草转绿了，花开艳了，楼长高了。只是那些树，同我一样过快地转着年轮。

收起淌泪的雨伞，记忆也随之变晴。

屈指一算，那段归来的路，走了五十多年……

2008 年 3 月

那是我的老家

我的梦里不长庄稼，只长琅琅的书声。

在人们说起老家时，我就遥望远方的校园。

我从那里诞生。然后走出一个校门，又走进一个校门。

从小学，到中学，再到大学，再到走进校门充当一名教师。

从幼年，到少年，再到青年，30 年的岁月就关在校门里面。

后来的 30 年，我从校门走出，外面才是更大的学校。

恭恭敬敬地听着，学着，干着，很少敢去指手画脚。

让我从梦中惊醒过来的，总是考不完的一次次考试。

如今从单位回归家庭，再也不用考试了，也不再有年中考核、年终考核。

但我总想回到校园。即使没有炊烟，那里也是我的老家。

尽管不再想被考试，但很留恋那琅琅的书声，拂过一大片童年的庄稼。

2008 年 8 月

最初的家园

撑一把伞挡住岁月的风雨，引渡我回到故园。

一个比我还老的老头的手指，把时光点击到六十多年前。

那时这里是一座旧祠堂，整日飘荡着一些书声，以及一些书声。

一天夜里我的第一声哭喊从这里破壁而出，当然不可能冲破黎明前的黑暗。

现在这里是一块草坪。

破旧的祠堂被历史拆除了，竟没有给我留下一丝痕迹。

它没能认出我，我也没能认出它。

这间学校还在，不管它改过多少次姓名。

面前是一行绿树，一行更绿的树。

一排高楼，一排更高的楼。

生生不息的日子总在长大，告诉着人在长老。

只有作为背景的浮山岭面容不改。

告诉我六十多年来一直记挂这个叫做霞洞大村的地方，这间那时叫电师的学校和叫附小的祠堂。

告诉我最初的家园，就是永远的故乡。

2009 年 5 月

童年的村庄

1

这条村子很大。

大到它的名字就叫大村。大到一直到了入学的年龄，我都未能走出村的边界。

浮山岭大概是世界上最高的地方了。云在山中浮着，山在云中浮着，我看不到它的顶。

用它庞大的身躯，浮山岭挡住了南下的寒流，抱得村子终年的温暖。

暖和得鞋子没能走进我的记忆。我的脚下总是一双色彩斑斓的木屐。

我亲见过，老师傅给它刷上波浪一般欢欣的花纹。

2

这条村子很大。

大到竟有三间学校。一间电白三中，一间电白师范，当然还有一间电师附小。

人们称父亲为校长。母亲说，他当过电师教导主任，三中校长，后来又是联校副校长。

我把第一声啼哭，交给了附小的校园。

之后就一再在电师与三中之间的大路上作折返跑，生蹦活跳地跑丢了我最初的好几圈年轮。

于是我有了好多间母校。

父亲远去了，电师与附小搬迁了又消失了，幸好三中还在。

多年后三中又分成了两间中学，听比我年轻得多的校长说，我也被划进了校友的名册。

分别五十年后我返回寻根，还有人叫起了我的小名。

3

这条村子很大。

学生是村里比例最大的居民。每年都有轮换，人数只增不减。

我不知道大哥哥大姐姐怎样上课，最喜欢的是他们的课外活动。

黄昏时打球，我是最受欢迎的记分员。一根竹棍在沙地上的涂抹，记下了我学龄前的智商。

夜幕下演戏，我是最舍得鼓掌的观众。一对李姓孪生兄弟，要么一起扮美国鬼，要么一起扮志愿军，让我把他们的名字念了五十多年。

直至如今，球迷成了我终生的名片，舞文弄墨成了我的饭碗。

4

这条村子很大。

但只有两家姓。一是姓崔，一是姓王。也许会有个别例外？

这两姓人很会读书，据说有史以来就以祠堂的数量，举办文

化的竞赛。

数一下村里的祠堂吧，每一座都是功名的见证。

所有的学校都办在祠堂里，诉说着文化的繁荣，传承与延续。

五十年后，回去寻找我诞生的祠堂时，所有的祠堂都被岁月代替了。

几座柱脚的石墩从草丛中现身，不知能否辨认出我的声气？

唉，顺流而下的光阴，把一些文明随手抹去，来不及后悔与惋惜。

5

这条村子很大。

据说自古以来就很大。史册与族谱上，记载着它的显赫与兴盛。

近代的，在日寇入侵县境时，村子里的三十六间半祠堂成了战时县政府的衙门。

古代的，最大的官是冼夫人的丈夫冯宝，据传这里就是当年的冯家庄。村外的冯族古墓与神秘的石帆，正有待考古家的确证。

如今的村头与屋角，还到处可见布纹的碎瓦，隐藏了更古的密码。

记得儿时漂水花，不知让水塘里埋伏了多少历史的证明。

6

这条村子很大。

一到节日就更大。冼夫人的诞日，她就从浮山岭脚的晏宫庙被请出来，在大村边的看人坡上，接受万千百姓的崇敬。

世界上怎么会有那么多人啊！那些隔县跨省而来的人流，在这里掀起欢乐的海洋。

我像一条鱼潜入大海，在“跑公”欢呼声、大戏锣鼓声、摊贩吆喝声、饮茶喝酒声、万众欢腾声中，忘我地穿行。

一直穿行了近六十年。把我从一个花甲老汉还原为一个幼稚的顽童。

把这条我认识最早的村子，确认为世上最美的村庄。

把最初的家园，变成了永远的故乡。

2010 年 11 月

少年的小城

1

一颗珍珠挽在南中国海的臂膀里。

海风吹，潮水涌，一座叫水东的粤西小城就这样养成。

多少年的船来船往，运来了一个良港。

新中国的史册掀开，又改名叫作县城。

小城太小。数着指头，便把澄波、东阳、解放、忠良四条街一网打尽。

潮涨潮落，只见它人气越来越旺，名气越来越响。

当年，我从镇西罗园的电师附小，走进东阳街的电白三小。

从小四到一中的高三，一下子跨过了少年时光。

2

如今海潮由眼前退落到当年，一位花甲游子又回到在海滨溅水的少年。

最先冒出水面的，是带着腥气的海产。

鱼、虾、蟹、蛤，立刻在脑海中生猛。

蚝、蛍、沙虫与海蜇，在唇边喷香。

那些不肯留下姓名的鱼类，在回忆中游进游出。

即使在三年最艰难岁月，也会有金丝与狗母的咸味做伴。

最难忘的是“放坝”，一个海滩的狂欢节日。

我也在屁股边挂一只鱼篓，追着退潮的大海，忘情地捡拾生蹦活跳的欢欣。

3

电白三小很快就改叫水东镇一小，我毕业后又改叫镇二小。

为避免在颠三倒四中张冠李戴，我特地标明在东阳街。

许多东西都丢失了，能够记住的只有老师的名字。

马校长，崔校长，高教导，崔总务，梁音乐，黄打球……

全语文的集邮册大开了我幼稚的眼界。

吴算术的四则运算让我至今思路清晰。

严厉的“王老虎”，他的粉笔头可准确击中打瞌睡学生的脑袋。

可亲的刘班主任，常常把我的习作当成范文念……

4

初中的课程似乎无味。历史成了历史，代数还有几何？

压肿的肩膀记住了脚步的跃进。

海堤、公路、大礼堂、运动场，都是我们稚嫩的双肩挑成。

我们的汗汁、血汁与泪汁，汇成了东湖与西湖的碧波荡漾。

好在磨难也锤炼了骨头，好去抗击日后更多更大的风雨。

以至50年后在西湖的春风杨柳中开同学会，感叹中不禁也有许多豪情。

随便哪一片湖水，都可以倒映出我们挥汗如雨的青春。

5

名师荟萃的高中，知识大长的时段。

林、崔的语文，李、崔的数学，黄、吴的英语，以及郭物理，李化学……

星汉灿烂闪耀在电白一中低矮的教室上空。

还有李历史，他的辅导让我在高考中几乎满载而归。

还有何政治兼班主任，50 年后仍充满活力地同我们一起笑谈人生。

不过最可宝贵的还是同学。

三年甚至六年同窗的友情，在真挚、纯洁、无污染前面都应缀一个“最”字。

一男一女与我三人，从小学到高中同班9年，创造了一个纪录。

更有，本班男篮打遍全校甚至全县无敌手，让我们 50 年的自吹有了资本。

6

小城的精彩，不仅在校园。

雄霸粤西十余年的篮球队，让我终生以球为乐。

县乒乓队的接纳，让球拍伴了我 50 年。

街头巷尾绕梁终日的曲艺与粤乐，增殖了文艺的细胞。

一本《冼太夫人》的大戏，知道了那位 1400 年前可敬的乡亲。

大海上竞渡的龙舟，飞扬起我的心情与诗情。

更难忘初三时工人文化宫交给我一把钥匙，我成了图书馆业余管理者。

那把钥匙打开了知识的宝库，也打开了我自己。

直到如今告老退回到家里，我仍可以充当一位不退休作家。

7

离开家乡到外地求学，我带去小城许多的荣耀。

洁净的大街与无四害的角落，它称作全国最卫生的城镇。

平整的公路与绿遍的山野，四面八方参观的人川流不息。

一位老八路及五好县的事迹，被人民日报头版头条津津乐道。

一条老船工智擒匪特的木桨，在全国各地欢呼声中巡回……

于是，我的同学与同事，都知道了中国有一个名叫“电白”的县份。

以至几十年后重逢，他们脱口而出了令我自豪的籍贯。

几十年的光阴顺流而下，说过了一下就过。

我光着脚在海边行走，才让贝壳的锋利一下子提醒——

回归了小城的少年，少年的小城……

2010 年 11 月

忆起儿时为球赛记分

我回到儿时的篮球场。

那时我投的球还够不着篮圈的高度。

我只是用学龄前的姿态蹲在地上，用一截树枝，在沙地上记录他们的比分。

记录着赛场上交替变幻的欢乐，和那些师范生大哥挥洒不尽的青春。

他们只管在场上尽情奔跑与争夺，专心地快攻与退守，不必担心我的智力与我的公正。

我的小手划出的那些瞬间变化的阿拉伯数字，牵动着啦啦队此起彼伏的掌声与呼喊。

终场哨响时，胜队和负方各自带着他们的表情四散。

没有人理会我。只有自己享受小小的成就感。

他们只是在下日的比拼时，又屈尊来请，似乎我才是权威的评判……

一直过了近六十年，我回到最初的家园，透过篮球场的水泥地板，还能看到当年的沙土上稚嫩的笔痕。

多少年来，尽管篮球赛的记分一再演变成小黑板、翻分布、电显屏。

那些阿拉伯数字显示的龙腾虎跃、斗勇斗智、汗水泪水，却一成不变地牵引着我一圈又一圈的年轮……

2009年5月

走过童年的教室

走过县城东阳街一座比普通还要普通的房子，我总要停下步子。

仔细倾听，二楼有什么动静。

还会不会有镇一小六年级清脆的读书声。

会不会传出教语文的刘老师，把我的作业当作范文讲解的情景。

眼前霓虹闪烁，耳边市声喧腾。

繁华告诉记忆，时光要倒流到 50 多年前。

这间学校早已改过几次名。

这个二楼早已不是教室。

这个可敬的刘老师在历尽坎坷后早已不知踪影。

多少年来，每次回到家乡，我都要到东阳街认一下门。

景色尽可变换，地点永不移动。

在静立与倾听中，同我的教室，我的同学会见。

同背着书包的童年及琅琅书声会见。

尤其是，同刘老师对我的习作的激励会见。

我的作文到底写了些什么？到底叫什么题目？被岁月厚厚地

尘封，谁也弄不清了。

只是刘老师的谆谆教导的面容历历在目。

正是他有意无意间对一篇作文的鼓励，竟决定了我一生的道路。

决定了我几十年来，舞文弄墨的人生。

2010 年 7 月

红树林种子的味道

海边那一片绿莹莹的红树林，如今已成了观光点被人们津津乐道了。

可是有多少人，知道红树林的种子的味道?

有多少人知道，红树林的种子可以当饭吃呢?

有幸的是，红树籽饭，我吃过。

不幸的也是，红树籽饭，我吃过。

我的同辈，我的上辈，我的上辈的上辈，都吃过。

潮水倒退到50年前，为了采摘红树籽，我被贝壳划破被污泥淹过的小脚板，就曾踏遍了家乡的海滩。

用火煮过三遍，用水漂过三遍，和米捞在一起。那又苦又涩的滋味，被舌头记了50年。

不吃它不行吗?

饿呀，而锅里的米实在太少。

我们就这样相依为命，走过苦涩的童年。

有幸的是，如今晚辈们都不知道红树林的种子的味道了。

不过，或许也是一种缺憾?

海边那一片绿莹莹的红树林，如今已成了观光点被人们津津乐道了。

可是讲不定有一天，人们又想尝一下红树林的种子的味道？

就如曾被人忘却的野菜野果一样，以嘉宾的身份走上餐桌。

都说它原生态，无公害，从未被污染……

2008年12月

葵树长在我的童年

北方的诗人不识这种“叶片阔大肥硕的植物”。

惊讶于“济公手中的蒲扇还在树上青绿着，蕴含着一树清凉的风”。

他的描述让我回到童年，回到南海之滨的小镇。

街头、海边、山坡，到处青绿着它的倩影。

它在酷夏一扇风行，不但让济公，而且让整个中国的南方凉快了几千年。

当年在昏黄的油灯下，母亲曾教我把它缝成葵扇，用两条细细的篾片镶嵌它圆润的脸庞。

但不讲情面的针，让我稚嫩的指头尝够了生活的滋味。

有谁知道它扇出的凉风中，有我的汗的腥臭血的苦咸?

笨拙的小手飞针走线，那时并不懂要为人间送去清凉，只知道要缝补自家的饥寒……

如今人们用空调感知人间的冷暖，许多人已不知葵扇为何物。

葵树也只是在街头站成风景，讲解南国的风情。

不过每当见到它的倩影，我总想请它褪下青衫，来到我的手中。

真想用依然笨拙的苍老的手，缝补我缺失圆满的童年……

2010 年 1 月

放坝的日子

潮水像岁月一样倒退。

往时心潮起伏的海面，变成滩涂的一派泥泞。

“放坝了！”一条喜讯迅速走遍每个角落。

一个小镇倾巢出动，所有的欢蹦活跳全在海滩集合。

这时我看到一位长得很像我的少年，短裤衩上挂着一个鱼篓。

跟在捉鱼的人群后面，追着退潮的海水狂奔。

曾经跟着大潮涌入的鱼，后悔不及地匆忙逃窜。在围堰的风平浪静中养肥的鱼，惊慌失措地随大流撤退。

最终，它们大都落入堰口的大网，追加着丰收喜报的分量。

在滩涂上剩下的小鱼小虾，让全镇的男女老少分享，见者有份。

那位像我的少年，就在与小鱼的捉迷藏中，大获全胜。

战利品不断地塞进鱼篓，塞满了在那艰辛贫瘠岁月里难得一遇的惊喜。

被污泥浊水涂得面目全非的花脸上挂满笑容，赤着的脚板被蚌壳划出了血，也忘了疼痛……

岁月的潮水，一下子漫过了 50 年。那个像我的少年，已年

过花甲。

坐在电脑桌前，在键盘的敲打中，心潮逐浪。

再也回不到从前，踩着海滩的淤泥，参与那场集体的狂欢。

2011 年 9 月

又见番薯窑

哦，番薯窑，我已 50 多年不遇了。
现在，它就出现在面前，出现在遂溪草潭这片北薯南种的基地。
出现在迎接前来采风的国际笔会的诗人的现场。
如同偶遇久别的乡亲，给我难逢的亲切与激动。
对于番薯窑的程序，我是再也熟悉不过了。
小碉堡式的土窑，柴火把泥团烧得通红；
然后把番薯一条条塞进窑里；
然后把土窑敲碎，把番薯埋起来。
再没有然后的时候，煨番薯的香味就势不可挡地弥漫开来了。
诗人们顿时忘记了嘉宾的身份，泄露了诗人的浪漫。
热腾腾的诗。香喷喷的诗。涌上激情带来回味的诗啊。
手机的唰唰声，记录了喜出望外的场景。

此情此景，把我还原为一个粤西的少儿。
时光改写了我不堪回首的颜容。
却无法改写番薯窑煨出的至少 50 年不变的味道——
那是童年的味道。

2018 年 12 月

一把图书馆的钥匙

每当回到家乡，走过文化宫楼下，我都要往裤子口袋里掏钥匙。

出自一种习惯，还是情不自禁?

50 年前，那把打开图书馆大门的钥匙，就放在我的口袋里。

一位爱读书看报的初中生，意外地得到管理员的信任。

晚饭后及节假日，我夹上新来的报纸，有机会优先同报刊书籍们见面交谈。

形式上，是我打开图书馆的大门。实质上，是这座知识宝库向我打开了大门。

让我同书报交上了朋友，半辈子从没想过分手。

海绵汲水般吸收了智慧与力量，挤走了幼稚与愚昧。

三年来，这一把钥匙，打开了我贫贱而又富有的人生。

乃至后来 50 年，有滋有味，或许也算得上有声有色的人生。

那时，我也读到了许多同龄人以及长辈们对那把钥匙的羡慕。

更觉得信任的难得，与责任的光荣。

如今，那把传了 50 年的钥匙，不知转过多少人的手。

我总感到钥匙还在我的手中。

每当回到家乡，走过文化宫楼下，我都想伸手进口袋把钥匙掏出来。

仍然想用它去打开图书馆的大门。

为自己，也为许许多多不分年龄的渴望。

2011 年 9 月

到童年去捡贝壳

家乡的海的说话声，领我走向童年的海滩。
两步并成一步迎面走去，时光却潮水般瞬间退落。
一下子倒退了五十多年。
光着脚丫的我，同小伙伴们一起，在海的怀抱里嬉闹。
在一层层白浪卷来时，高高地蹦腾跳跃。
在一波波潮水退下时，眼疾手快地捡拾。
那些张着耳朵的贝壳，总能装满简单的欢乐。
比谁的多，比谁的精美，比谁的带来更多妒忌的眼神。
斑斓的色彩和精致的花纹，在我的记忆中一次次复制。
反复粘贴了我的青春以及壮年。

此时，我在欢蹦活跳的波涛面前驻足，被还原为一位老者。
年轻的海，已不习惯与我为伴。
海滩上多了蚂蚁般黑压压的人群，却少了贝壳可爱的身影。
一起解说着，不言而喻的原因。
不过，即使那些大海的馈赠，仍在点缀家乡的海景。
我知道，再也不会有我嬉闹的童年。
不会有斑斓的色彩和精致的花纹……

2012年9月

鳌鱼舞

这对鳌鱼在我家乡的海边，舞动 500 年了。

我同它们的相识，已有 60 年。

那时的我，一个屁颠屁颠的小孩，追着舞动的热闹疯跑。

在鳌鱼驱魔逐妖迎春接福的畅游与腾跃中疯跑。

在八音队与打击乐的兴高采烈中疯跑。

在人山人海的围观与如潮的欢呼中疯跑。

之后几十年，远离家乡的我只能在望乡的梦境中，追着鳌鱼舞的队伍疯跑。

如今，在家乡新春的喜庆里，我们久别重逢。

全身金鳞的雄鳌与银光闪闪的雌鳌，依然璀璨而生猛。

那些鲤、鲢、虾、蚌欢呼雀跃，掀起快乐的波浪。

舞鳌人用手举着，用肩扛着，用臂与肘配合着，让 6 米高的鳌鱼扬高，俯低，左摆，右旋，鱼口开合，描述大自然的乐境与降恶龙的故事。

描述潮腾鱼欢的场景与瑞庆吉祥的祝愿。

看着看着，我差点又要冲出人群，追着鳌鱼舞疯跑。

被年龄拉了一把，站酸了的双脚才没有挪动。

只能用忘了眨动的眼神与难以平静的心跳，回到了 60 年前……

2010 年 7 月

鬼仔戏

雅号叫“单人木偶”，我们叫它“鬼仔戏”。

一条扁担，就挑起了一个戏班。

一张方桌搭起的舞台上，杖头木偶们使出浑身解数，演绎着悲欢离合、金戈铁马与喜怒哀乐。

幕后只有一个人。他有三头六臂吗？生、旦、净、丑是他，唱、做、念、打是他，吹、拉、弹、唱还是他。

让一座村庄端坐在台前。

让所有的面容随剧情阴晴圆缺，用精湛的绝技惊得满场目瞪口呆，用方言俚语与诙谐唱腔掀翻一片片笑浪，让台前幕后站满了探奇揭秘的眼睛。

其中有我的一双眼睛。

我的童年就在台前幕后乱窜。然后 50 多年，单人木偶戏就在我的思念里乱窜。

一位童年的玩伴据说后来当了木偶名艺人。在我离家外出读书后，我们就失散了。

同单人木偶戏一起，失散了。

直到在非物质文化遗产名录中，才把他与单人木偶戏一起挖掘出来。

他幸运地在名录中得到保护，又幸运地被我找到。

濒临失传的单人木偶戏及后继乏人的他，终于又露头了。

杖头木偶们还在，不知台前幕后那些惊喜的眼睛，还在吗？

曲艺之乡人

我写《故乡的名片》，写了建筑之乡、沉香之乡、荔枝之乡。

友人提醒，还有曲艺之乡呢？

1963 年，就有了田汉的赞赏：“喜看电白红梅艳，乐听水东曲韵精。”

2003 年，名副其实，被广东省评为了“曲艺之乡”。

哦，是的，我最早认识的，就是曲艺之乡。

儿时我家住在一个简陋的大戏院，名叫“大会场”的旁边。

隔着篱笆墙，免费享受着唱做念打中的悲欢离合。

在喜怒哀乐中睡下，在锣鼓与吹打中入梦。

傍晚的街头巷尾、小区大院，是五架头、八音班、私伙局的世界。

《柳毅传书》《柴房自叹》的粤曲，渲染了我艺术的感觉。

《雨打芭蕉》《饿马摇铃》等广东音乐，熏陶了我对美的追寻。

此后五十年我成了外地游子，远离了粤曲与粤乐。

不过，“你看到半边明月”的马师曾，能给我圆圆的“一轮明月”；

“独抱琵琶望”的红线女，陪伴着我无尽的乡愁……

至今，我手机的铃声总能引起身旁的注目。
《赛龙夺锦》的欢乐，可以感动那些进取的心。
后来，它被迫停下，因为要收费的缘故。
我又换上一曲不要钱的《步步高》，照样欢欣鼓舞。
不要问我为什么，只是出于一生的喜爱。
一个生于曲艺之乡的人，总会有一些与众不同……

2019 年 7 月

老鹰捉小鸡

“我要当老鹰！”“我要当老鹰！”

一听老师说要做老鹰捉小鸡的游戏，一只只小手争先恐后地举了起来。

当然，我也不甘落后。

老鹰太厉害了。在它轰炸机般的袭击下，一大群躲无可躲的小鸡跑得惊慌失措。

可是老师说，我们不允许有那么多老鹰。她说得对，世界上不应该有那么多仗势欺人的坏蛋。

她又说，老鹰不是我们的榜样。

榜样是我们的老师。她扮的是母鸡。

我们一个个抓住前面的人的衣襟，躲在老师身后。在老鹰扑来的时候，边跑边躲，团结一心，决不走散。

面对来势汹汹的敌寇，老师张开勇敢的双臂，挡住老鹰的侵犯。

她是我们眼中的英雄，敢对老鹰又抓、又拽、又推、又抱，还大声发出警报，让我们在灾难中不至于乱作一团。

她是我们的保护神啊。

以致后来，她问谁愿意当母鸡时，我和小朋友争着把小手举起……

也许，这是小时最有意义的游戏了。

几十年过去，两次争着举手的情景仍历历在目。

似乎，再也没有人问，谁愿意当老鹰或母鸡了。

又似乎，一事当前，总会有一个无声的声音，在我的耳边响起了这个问号……

2020 年 2 月

抛石子

谁说抛石子只是女孩子的游戏?

我们小时候，没有男女有别的界线。那些小姐姐，就喜欢带我们玩。

五粒小石子，把一粒抛起来，再把地上的石子一粒粒抓进手中。

下一次就一下抓两粒，再下次就抓三粒，直到把地上的四粒一把扫光。

接不着石子就输了。手碰到其他石子时也输了。

两个人可以比，三个四个人可以比，一群人也可以赛。

一抛，二抓，三接，也得有技巧喔。

看到小姐姐们心灵手巧，自己总学不好。一次次反复操练，还是比不上。

同许多儿时的游戏一样，现在很少见到抛石子了。

网络上，见到有幼教团体在推广。不知有多少人愿意学?

网上说，抛石子能培养手指灵活性，和手眼、手脑的协调性。

还能改善中枢神经系统的功能，促进各运动系统的协调。

应该是的。不过我们小时候不懂得这些，似乎也不需要懂得。

我们就知道这样好玩。

就知道，还可以同女孩子一起玩。

2020 年 2 月

丢手绢

我长大了才明白，这是一种公开的栽脏。

类似一次常见的“钓鱼执法”。

先把手绢悄悄地放在你的后面，转了一圈回来再大喝一声：“就是你！”

被当场捉住者，只好自认倒霉。

幸运躲过的人，却拍手称快，幸灾乐祸。

在高压之下，即使是小朋友，也露出了众生相。

检验了危机四伏灾祸临头时，一些人的品行。

有的人紧张慌乱中，保持着本能的警惕。

有的人冒着违规的风险，不断偷偷回头，或者不时用手探测地雷的存在。

也有的人发现自身危险时，为保自己不惜把灾难转嫁给邻人……

长大后，我不会再玩这种游戏。

也许长大了的人，谁都不愿再玩这种游戏。

只怪儿时年幼无知，只懂得欢乐，不懂得愤恨。

不懂得遇上惯弄陷害的人，只需说一句——

“不同你玩！”

2020 年 1 月

跳房子

房子是用来住的，不是拿来炒的。也不是拿来玩的。

这一点，现在大家都明白了。

可是，我们小时候，却可以拿来玩。我们叫跳房子。

只要有一块平地，一根树枝，就可以画一间房子了。

九个格子九间房，像一架飞机的模样。

把一块瓦片依次抛进一间间房子，把脚跳进去，把瓦片踢出来——

看谁抛得准，跳得稳，谁的眼、手、脚更灵活与协调。

也总会有失败的。那些抛错格的瓦片、踩过界的脚步、站不稳的身子，都会被规则打叉。

我在同小伙伴的一起蹦跳中，就常常把欢呼与懊丧混为一谈。

几十年过去，再也没有人跳房子。

我的孙子不但不会跳，甚至也从未见到。说幼儿园的老师从未讲过。

不知老师和爸爸妈妈们跳过没有？

也许他们觉得既然房子是用来住的，就不会拿来玩，拿来跳。

也许现在房子太贵，已经跳不起了。

觉得即使可以画在地上，也不解决问题，无法用来——画饼充饥。

2020 年 2 月

跳山羊

一个小学生以鞠躬的姿势弯成 90 度，拱成一只山羊，让小朋友们一个个从背上跳过。

我助跑，双手撑住他的背，分开双腿，从他的头上腾越而过。

我不怕摔跤，我知道，跳过去就赢了。

小小的我，最好的我，跑，跳，爆发力，臂力，平衡力，令我随心所欲。

山羊越来越高，我跳得越来越有劲。

即使一排山羊拱在面前，我也能一只只飞跃而过。

当然，总有一些人是跳不过的。那些失败者，就只能当山羊。

成了我腾飞的背景，我扬扬自得的背景。

往事几十年，我明白我错了。那些失败的山羊也是值得尊敬的。

有失败，才会有成功。激励着我的成功，也激励着他们往后的成功。

正是他们，接受失利，忍辱负重，甘愿担当别人腾飞的跳板。

没有山羊，我就无从跨越，没有许多人的跨越。

几十年，我再也没有跳过游戏中的山羊，却在人生中不断地跳山羊。

我跳过山羊，也当过山羊。

顺利跨越时，我需要感恩。

被人跳过时，我无须有愧。

2020 年 2 月

附录：蔡旭著作目录

散文诗集（33 种）：

《彩色的明信片》	1987 年 6 月广西人民出版社
《爱之舟》（与潘耀良合集）	1988 年 12 月广西师大出版社
《阳光与花朵》	1989 年 6 月广西民族出版社
《烟火人间》	1990 年 11 月广西民族出版社
《抚摸世界》	1990 年 12 月广西民族出版社
《散步的诗 · 椰城思绪》	1991 年 4 月南京出版社
《散步的诗 · 在我心中散步》	1991 年 4 月南京出版社
《童心与父心》	1992 年 5 月接力出版社
《敞开心扉》	1992 年 5 月金陵书社出版公司
《淡淡有味》	1994 年 10 月广西民族出版社
《椰岛踏歌行》	1995 年 7 月南海出版公司
《微笑是最好的美容》	1996 年 12 月四川民族出版社
《蔡旭散文诗选》	2000 年 5 月作家出版社
《蔡旭散文诗选》（中英文对照）	2001 年 11 月银河出版社
《熟悉的风景》	2009 年 11 月广西美术出版社
《温暖的河流》	2010 年 11 月南方出版社

《生活的炊烟》	2010 年 11 月南方出版社
《顺流而下》	2011 年 1 月河南文艺出版社
《生活流》	2012 年 1 月团结出版社
《沉淀物》	2012 年 1 月中国书籍出版社
《伴着椰风轻唱》	2012 年 10 月南海出版公司
《简单的生活》	2013 年 2 月中国文联出版社
《蔡旭自选集——散文诗新作 100 首》	2013 年 10 月银河出版社
《大波微澜》	2014 年 1 月中国文联出版社
《蔡旭散文诗 50 年选》	2015 年 6 月复旦大学出版社
《坐在生活的一角》	2016 年 1 月团结出版社
《海之珠珠之海》	2016 年 6 月羊城晚报出版社
《远处风景近处家》	2017 年 8 月江苏凤凰文艺出版社
《动物与人的世界》	2018 年 12 月四川民族出版社
《蔡旭寓言散文诗选》	2018 年 12 月中国大地出版社
《保持微笑》	2019 年 5 月中国文化出版社
《爷爷在婴国》	2019 年 7 月四川民族出版社
《有故乡的人》	2020 年百花洲文艺出版社

散文集（4 种）：

《天伦小乐》	1995 年 5 月南海出版公司
《经不起酒精考验的人是我》	1999 年 12 月中国文联出版社
《圆月照方窗》	2003 年 7 月南海出版公司
《每天都有好心情》	2009 年 7 月光明日报出版社

短论集（5 种）：

《小发议论》	1995 年 5 月海南出版社

《绿茵小语》　1996 年 5 月海南国际新闻出版中心

《小题小作》　2001 年 12 月南方出版社

《晚报小札》　2001 年 12 月南方出版社

《散文诗创作手记》　2016 年 1 月河南文艺出版社